KEITAI
SHOUSETSU
BUNKO
野いちご SINCE 2009

お前、可愛すぎてムカつく。

Rin

○ STARTS
スターツ出版株式会社

カバー・本文イラスト／わわこ

容姿端麗、頭脳明晰、スポーツ万能。
いつもニコニコしている彼は、クラスの人気者でした。
しかし、そんな彼の裏の顔は……。

『秀才でもねぇのに分厚いメガネとかありえねー』
『ダセェ……』
『地味な女は嫌いなんだよね』

可愛い子の前では、爽やか王子スマイル。
地味な私にだけは、意地悪スマイル!?

私にはずっと前から憧れている先輩がいるし、こんな人は絶対好きにならない！　と、思っていたのに。

『こいつ泣かせていいのは俺だけだから』
彼にどんどんハマっていく──。

contents

Part♡1

先輩、好きです。 — 10

地味子から生まれ変わりました。 — 33

嫌われているようです。 — 54

色んな意味で、ピンチです！ — 73

Part♡2

彼からピアスもらいました。 — 104

ドキドキしまくりです。 — 130

仲直りしましょう！ — 142

Part♡3

怒ってますか……？	158
すれ違い中です。	173
諦めたくありません。	188
もう一度好きになってください！	203

Part♡4

彩の隠し事【蒼空side】	224
共犯者は誰ですか？	235
イジワルな黒王子が大好きです。	268

―書籍限定♡番外編―

蒼空の秘密	280

あとがき	302

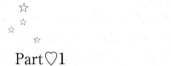

Part♡1

先輩、好きです。

「好きです‼」
　私、榎本彩は人生で初めての告白中。
　目の前にいるのは1つ年上の荒木颯太先輩。
　サラサラした茶色い前髪を掻き上げて、そのままワシワシと頭を掻いた。
「あー、えぇっと……彩ちゃん……だっけ？　ごめん、俺彩ちゃんのことよく知らないから」
　颯太先輩は申し訳なさそうに俯いた。
　告白して1分もしないうちにあえなく玉砕。
「あの……同じ中学で同じ委員会だったんですけど……覚えてませんか⁉」
「同じ委員会？」
「はい、美化委員で……」
「ん～あんまり覚えてないな」
　がーん。
「じゃ、じゃあ……友達とかでもいいので‼」
　自分でもしつこいかな……と思ったけど、ここまできたらあとには引けない。
　必死に頭を下げる私に先輩は困り顔だった。

　中学校の3年間はずっと先輩を追いかけていた。
　同じ美化委員で活動しているとき、先輩は優しく教えて

くれて。
　それが好きになったきっかけだった。
　私は朝会の最中、移動教室の途中、放課後の校庭、色んなところで先輩を探していた。
　学校で先輩を見つけると嬉しくなって、胸がドキドキして気分が上がる。
　私の中学校生活の思い出は、颯太先輩でいっぱいだった。
　高校に入ってから茶髪になって、いつも不良っぽい友達と一緒にいる先輩だけど優しい笑顔は健在だった。
　でもその顔が険しく歪んでいる。
　先輩のこと、これ以上困らせたくないな……。
「あの……ダメならいいんですけどっ……」
「ダメじゃないよ」
「え!?」
　いつも遠くから見ていた笑顔が、今私に向けられている。
「彩ちゃんのこと知らなかったけど……これから友達として付き合っていこう?」
「あ、ありがとうございますっ!!」
　まさかそんなこと言ってもらえるとは思わなかったから嬉しすぎて跳びはねたくなった。
　憧れの颯太先輩の友達になれた……。
　夢みたい。
　外見は不良っぽくなってしまったけど、今も中身は変わっていない。
　こんな私と友達になってくれるんだもん……。

それに優しい瞳はあの頃のままだ。
「そんなに嬉しいの？」
「はいっ！　だって、ずっと憧れてて……」
　動揺している私に、先輩は優しく微笑んでくれた。
「じゃあ今度遊ぼうね？」
「はいっ！　ぜひっ!!」
　先輩優しすぎるよ……振られたけど、好きになってよかった。
「そろそろ行っていいかな？　友達待ってるからさ」
　そう言って親指を立てた先には、いつも一緒にいる先輩の友達が数人ほどこっちを見て笑っていた。
　彼らは「付き合ってやれよ〜」とか、「名前なんていうのー？」とか、甲高い声で笑いながら冷やかしてきた。
　中には女の先輩もいる。
　あ。
　あの髪が長い女の先輩……。
　いつも颯太先輩の隣にいる人だ。
　綺麗で細くていつも先輩の隣にいて羨ましい。
「なんかすみませんでしたっ……」
「ううん。こちらこそありがとね」
　先輩は笑顔で手を振り、友達の元へと行ってしまった。
　胸がきゅーんとなって、燃えるように熱くなる。
　先輩……やっぱりかっこいいな……。
　振られたのに気持ちは晴れていた。
　だって先輩と友達になれたんだもん。

一歩前進だよね！
　放課後の廊下は誰もいなかったから、私はひとりでニヤニヤしてしまった。

　教室では友達の土屋翠(つちやみどり)が待ってくれている。
　彼女は明るくてサバサバしているから男女共に人気がある女の子。
　２年生になってから仲良くなったけど、趣味が合う私たちは出会ってすぐに意気投合した。
　でも今日告白しに行くとは言い出せなくて、内緒にしていた。

　ガラッ……。
　静かに教室のドアを開けると、翠と男子ふたりが楽しそうに話をしていた。
　げ……。残ってたの翠だけじゃなかったんだ……。
　翠と一緒にいたのは桐谷(きりたに)くんと長谷部(はせべ)くんだった。
　２年生に進級してまもなく１ヶ月が経とうとしているのに、桐谷蒼空(そら)くんとは一度も話をしたことがない。
　彼は容姿端麗、頭脳明晰、運動神経もいいらしい。
　いつもニコニコ笑っていて、女子からの人気は凄まじい。
　そんな漫画の中から飛び出してきたような男の子を好きになる女子はやっぱり多かった。
　でも私はちょっと苦手……。
　というか、かっこよすぎて目が合わせられないだけなん

だけど。
　そんな彼の横には、私の隣の席の長谷部渉くんがいた。
　この人もまた女子から人気だけど、桐谷くんとは違い、穏やかで優しい雰囲気の人だった。
　隣の席だから必要最低限の話しかしたことがないけど、いつも色々と親切に教えてくれる。
　そういえば翠とこのふたりは、同じ中学校って言ってたし……。
　仲良いのかな。
「あっ！　彩来たー！　先生なんだったの？」
「う、うんっ……この前の小テストのことでちょっとね！」
　翠には担任の先生に呼び出されたと嘘をついていた。
　3人が一斉に私の方を見ているからキョドってしまう。
「そーなんだ、早く終わってよかった！　今からカラオケ行かないかって話しててさぁっ」
　え、カラオケって……。
　桐谷くんと長谷部くんも!?
　長谷部くんは少し話したことあるけど、桐谷くんとは全くしゃべったことがない。
　なのに突然カラオケは気まずい。
「私はまた今度にしよーかな……」
「ええーっ！　なんでぇ!?」
　翠がめちゃくちゃガッカリしている。
　それを見ていた長谷部くんが、「榎本さんも一緒に行こーよ」と爽やかに笑った。

「そーだよ！　彩さ、このふたりとちゃんと話したことないでしょ？」
　そうだけど……。
　桐谷くんの方を見ると、私のことには無関心とばかりに、スマホに見入っている。
　私も一緒に行っていいのかな……。
「ちょっと蒼空！　あんたも彩を説得してよ！」
　翠に言われてようやく顔を上げた桐谷くんの視線が、一瞬冷たくて驚いた。
「一緒に行こーよ」
　笑顔でそう言うと、再びスマホに目を向ける。
　さっきの冷たい視線……私の見間違いかな？
　怖いくらい綺麗な目で思わず逸(そ)らしてしまいたくなった。
　こんなに間近で桐谷くんを見たのは初めてだけど……。
　すごい綺麗な顔してるな〜。
　男のくせに肌もつるんとしてるし、鼻筋は通ってるし。
　ムカつくほど整った顔だ。
　これで頭までいいとかって……なんなの一体!?
「ね!?　蒼空もそう言ってるし！　彩がいなきゃつまんないよ〜」
　翠は頬(ほお)を膨(ふく)らませている。
「じゃあ……い、行こうかな……カラオケ」
　告白してスッキリしたし、気分転換に歌いたくなってきた気がする。

「やったーっ」
　翠が私に抱きつく。
「じゃ、行きますか」
　長谷部くんと桐谷くんがバッグを持って立ち上がる。

　４人で歩くのはなんだか新鮮だった。
　翠は普通にふたりと話せるけど、私は話す話題が何もなくて。
　私はみんなより１歩下がったところを歩いていた。
　こうやって後ろから見ると……。
　翠も背が高くて綺麗系だし、３人は絵になるなー。
　私がこの３人の横に並ぶって……。
　どう考えても引き立て役でしょ……。
「彩ー？　どしたの〜早くおいでよ！」
　少し離れて歩いてることに気づいた翠が、振り返って私を手招きした。
「ご、ごめん！」
　急いで翠の隣に行くと、長谷部くんが私の目の前に来て微笑んだ。
　長谷部くんって落ち着いてて大人な感じだけど、意外に人懐っこいところもあるんだな……。
「榎本さんのことさ、彩ちゃんって呼んでもいい？」
「あ、彩ちゃん!?」
「ダメだった？」
　いやいやダメじゃないけどっ……。

そんな目で見つめないで！
　長谷部くんって、母性本能をくすぐるのがうまい人だな……。
「ダメじゃないよっ！　じゃあ私も渉くんって呼ぶね？」
「うん、よろしくね」
　う、わぁー
　笑顔も輝いてる……。
「出たよ、渉のキラキラ攻撃」
　そのとき、桐谷くんが笑いながらつぶやいた。
「こいつ最近年下に人気あるよな〜。ロリコンめ」
「ロリコン……」
　思わずそうつぶやいてしまった。
「彩ちゃん、蒼空の言うこと真に受けないでよー」
　渉くんが苦笑いしている。
「あぁ……びっくりした！　渉くん本当にロリコンなのかと思った……」
　私の言葉に桐谷くんも翠も笑っていた。
「まさかー！　これから蒼空の言うことは半分嘘だと思ってよ」
「はぁ？　俺は真実しか口に出さないけど」
　翠と私はそれに対して声を出して笑った。
「彩ちゃんって大人しい子だと思ってたけど結構しゃべるんだね。このガサツで男勝りな翠なんかと仲良いって不思議だなぁって思ってたんだー」
「ちょっと……渉、何それ！　聞き捨てならないんだけど!!」

横で聞いていた翠が怒って渉くんのおしりを思いっきり蹴飛ばした。
「いってぇー！」
　渉くんがその場でおしりを押さえながらうずくまる。
「渉ざまぁ〜」
　それを見た桐谷くんが指を差して笑っている。
　この３人って、本当に仲良いんだな……。
　同じ中学とは聞いていたけど、ここまで仲が良いとは思わなかった。
　少し羨ましくなるくらい。
　ふと桐谷くんの方を見ると、目が合ってしまい慌てて目を逸らした。
　今の超不自然だったかも。

　学校から歩いて20分くらいのところにあるカラオケ屋は駅前にあって、帰り道に友達と寄ることも多い。
「よぉーし！　歌うぞぉ〜！」
　部屋に入ると、翠が張り切ってデンモクを取った。
　翠は歌手並みに歌がうまい。
　私もそのくらいうまかったら自信持って歌えるのに。
　ソファに座ると、その隣に桐谷くんがドカッと勢いよく座った。
　え、桐谷くん？
　驚いて体が固まった。
　だって……隣には翠が座るのかと思ってたから。

翠は目の前のソファに長谷部くんと並んで座っている。
　それはとても自然な感じだった。
　そうか。
　翠は前からふたりと仲が良かったから誰が隣に座っても別に関係ない感じなんだ……。
　横にいる桐谷くんも平然とした顔してるし、私だけがどぎまぎしちゃってるらしい。
　翠はやっぱり歌がうまくて聞き惚れる。
　でも横にいる桐谷くんのことが気になってしまう。
　だってソファが狭いから肩が時々触れちゃうんだもん！
　私は男子と一緒に遊んだ経験も少ないし……。
　ドキドキしないわけがない。
　桐谷くんは真剣な顔でデンモクを見つめている。
　絶対一緒にカラオケなんか行かないだろうと思ってた人が、今隣にいるなんて不思議。
　すると、急に私の方を見たので慌てて翠の方に目線を移した。
「榎本さん」
「は、はい!?」
　やばっ。見てたのバレた!?
「歌う曲決まった？」
　あ、バレてなかった……。
「えーっと……まだ決まってないかなっ」
　笑顔で返すと、なぜか真顔で見つめられた。
　な、何っ!?

「榎本さんってさぁ……目悪いの？」
「え!?」
「そのメガネ、度が強くない？」
　私は昔から目が悪くて分厚めのメガネをかけている。
　特にゲーム好きでもないし、勉強好きの真面目ちゃんでもない。
　両親も目が悪いから遺伝だと思う。
　コンタクトはあるけど慣れなくて、家に放置してある。
　見た目悪いけどメガネをかけるしかなかった。
　その代わりに、髪型変えてみたりオシャレには力を入れてるんだけど……。
「ダセェ……」
　ん？
　今なんか聞こえたけど……。
　桐谷くんが言ったのかな？
　だけど、桐谷くんは笑顔のまま。
　私の空耳？
「外してみてよ」
　私のメガネを触ろうとしたので、慌てて阻止した。
「ダッダメ！　可愛くなんかないし！　外してもブサイクで期待外れだから!!　メガネ外すと可愛いだなんて、漫画やドラマの見すぎだよっ」
「ブッ」
　口に手を当てて笑いだす桐谷くん。
「めっちゃ必死……早口だし」

「だって……!!」
　寝るとき以外はめったにメガネを外さない。
　私とメガネは一心同体だった。
「そんなに深く考えんなって。どっちにしろ、地味には変わりないっしょ」
「え……?」
　そのとき、テーブルの上に置いてあった桐谷くんのスマホが鳴った。
「わりぃ、電話だ」
　私たちにそう言って部屋を出ていった。
　な、なんか……。
　桐谷くんって笑顔の裏に何かあるよーな……。
　たまにさりげなく毒吐いてない?
「また女から電話?」
「そーじゃない?」
　目の前に座っていた翠と渉くんが苦笑いしながら話していた。
「今は誰と付き合ってるんだっけ?」
「わかんないんだよね〜見るたびに違う女の子連れてるし」
「だよね!　蒼空もさぁ、いい加減にしないといつか刺されるんじゃない?」
　持ち込んだポテチをバリバリ食べている翠。
　やっぱ桐谷くんって遊び人なんだ……。
　さっきの話し方とか、女慣れしてるような感じだったもんな。

「そーいえば……彩ちゃんって風間中だったよね？　朱里さんと同じ中学校じゃん」
「え、あかり？」
「うん、3年生の平松朱里。知らない？　うちの高校だけど」
「あーごめん、わかんないかも……」
　3年生は颯太先輩しか興味がなかったから、他の先輩のことは全然知らないんだよね……。
「ちょっと渉、それ禁止ワードでしょ」
　翠がため息をついた。
「今蒼空いないしぃーじゃん」
　桐谷くんのこと……？
「桐谷くんがどーかしたの？」
「彩には話してもいっか……。あのね」
　ガチャッ。
　そのとき、桐谷くんが戻ってきたので翠は慌てて飲み物を飲んだ。
　なんなんだろう。
　なんか気になっちゃう。
「蒼空～また女から？」
「おう」
「あんたちょっと顔がいいからって遊びまくってるといつかバチが当たるよ!?」
　翠が呆れ顔で言うと、桐谷くんがハハッと笑った。
「相手も本気じゃねーから。お互い様じゃん？　ストーカーみたいな女はいないし心配ご無用」

うわー。
　この人ホンモノの遊び人だ！
　ここまで開き直ってるとむしろ清々しいというか……。
「わかんないじゃん、中には本気になる女の子もいるかもよ？」
「関係持つ前に忠告してるから。その点は大丈夫」
「へぇ〜キッチリしてるねぇ……」
　渉くんも呆れながら笑っていた。
　"関係" って……。
　好きでもない人とキスとかできちゃうのかな……。
　男はともかく、女の子もそれでいいとかありえない。
　私は絶対好きな人じゃないと嫌だし、相手も私だけを思ってくれる人がいい。

　そのあと、意外にもカラオケが盛り上がって、2回も延長してしまった。
　ふたりと打ち解けてきた私も、色々歌ったから喉がガラガラ……。
　あれから普通に接してくれている桐谷くん。
　やっぱりさっきのは悪い意味で言ったんじゃなかったのかな……？

　カラオケ屋を出ると、外はすでに真っ暗だった。
「いつの間にか20時だー！　やばーい！」
　翠がスマホを見て驚いていた。

「翠んちって門限20時じゃなかったっけ？」
「そうなのよ！　早く帰らなきゃ！　3人ともまたね!?」
　うちらに手を振り、猛ダッシュで走っていく。
「相変わらず翠は騒がしいな〜」
　渉くんが笑いながら翠の後ろ姿を眺めていた。
「渉くんの家はどのへん？」
「蒼空んちの近くなんだけど……このあとすぐ近くの店で親と待ち合わせしててさ……って、彩ちゃんちはどこ？」
「駅から結構歩くんだ〜」
「え、じゃあ危ないじゃん！　暗いし」
「大丈夫だよ、慣れてるから」
　友達と遊んでてこの時間に帰ることは何度もあったけど、チカンとか変質者にあったことはなかった。
「ダメダメ！　んー。俺が送ってあげたいけど……。蒼空！このあと用事ないよね？　彩ちゃんのこと送ってあげなよ」
　えっっ！
　桐谷くんはスマホに見入っていた。
　また女の子かな……。
　きっと、星の数ほどいるから相手するのも大変なんだろうな。
「あー。いいよ」
　スマホを見ながら答えていた。
「よかったね彩ちゃん」
　え、いやいや！　よくない！

ふたりっきりなんて、何話せばいーのかわかんないし、それならひとりの方が気楽だよ！
「私、ひとりで帰れるから大丈夫！」
「え、いーよ送るから」
　ようやく顔を上げた桐谷くんは、私のことをまっすぐに見つめている。
「いい！　本当気にしなくていーから‼　じゃ、またね⁉」
「あ、ちょっと！」
　ふたりに手を振り、急ぎ足……というか小走りでその場を去った。
　ふたりとも友達としてはいい人そうだし、みんなで遊んだりするのは構わないけど……でも、ふたりっきりとか絶対無理！
　改札口に入ろうとしたとき、突然後ろから腕を掴まれた。
　驚いて振り返ると……。
　そこには少し息を切らした桐谷くんがいた。
「足……速いな」
　ハァハァ言いながら笑っている。
「桐谷くん！　どうしてっ⁉　送らなくていいよ⁉」
「そんなわけにはいかねーんだよ」
　え……桐谷くん、私のこと心配して……。
　しかし次の瞬間、「めんどくせーけど送らねーと渉がうるせーし」と、ブツクサ言っていた。
　なんか……。
　イラッ。

「いや、本当にいいから!!」
　いやいや送られても嬉しくないし！
　別にひとりで帰れるもんっ。
　桐谷くんに背を向けた瞬間、肩を強く掴まれ再び前を向かせられた。
「なっ!?」
　目の前で少し屈んで私を見つめる。
「あんたも意地っ張りだな。黙って送らせろよ」
「っっ…」
　イケメンの迫力にあえなく撃沈。
　目力凄まじい……。
「う、うん……」
「わかればよろしい」
　いつもの桐谷スマイルに戻った。
　桐谷くんって……睨むとめっちゃ怖い。
　てか……。
　めんどくさいなら、私のことなんて放っておけばいいのに……。
　ホームに並んでいると、近くにいる女子高生たちにジロジロ見られた。
　え……何？
　桐谷くんは、それに気づいていないのか遠くを見つめている。
　女子高生たちが私たちの近くに寄ってきた。
「あの！　新崎高校の桐谷蒼空くんですよね!?」

目的は私ではなく……。
　桐谷くんだった。
　ああ〜なるほど。
　桐谷くんは「そうだけど」とにっこり笑いかけた。
　女子高生たちは嬉しいのかきゃーきゃー騒いでいる。
「会えて嬉しいですっ！　やばぁーどうしよ、めっちゃかっこいいー！」
「うちの高校にこんなイケメンいないよね〜」
　他の高校にも名が知られてるの!?
　本当にすごい人気だな……。
　横にいる私、完全無視？
　てか空気とされてるのかも。
「ふたりも可愛いね、西高？」
「はいいっ!!」
　そのあとも３人で話が盛り上がってて。
　私は暇だったから隣でスマホのゲームをしていた。
「あのっ連絡先教えてもらってもいいですかぁ!?」
「いーよ。メールでいい？」
「はい!!　やったぁ〜明日みんなに自慢できるっ！」
「今度合コンでもする？」
「ぜひぜひー！　お願いしまぁすっ」
　軽い……。
　軽すぎるよ桐谷くん！
　桐谷くんと連絡先を交換した女子高生たちは、嬉しそうに去っていった。

驚いて言葉が出ない。
　今でもメールする女の子たちが沢山いるっていうのに更に増やしちゃうんだもんな。
「いじけてんのー？」
「ぎゃぁあああっ」
　突然後ろから抱きつかれ、私は大声を上げた。
「ぎゃぁあって……そこは普通、きゃーだろ」
「普通じゃなくてすみませんね」
「ぶっ。期待外さねぇやつ……」
「え？」
「榎本さんのも教えてよ」
　後ろから、私のポケットに入っていたスマホを取り出し、勝手に登録し始めた。
「えっ、ちょっと！」
　本当に自分勝手な男！
　桐谷くんは私にスマホを渡すと、にっこり微笑んだ。
「いつでも連絡していいよ？」
「えええ！」
　驚いている私を見て、桐谷くんがぷっと吹き出す。
「榎本さんって面白い」
　私の肩を掴んで自分の方へと抱き寄せた。
　ちょ、ちょ、ちょ……。
　何これ!!
「き、桐谷くん！　こんなことしてると周りに勘違いされちゃうよ!?」

「勘違い？」
「付き合ってると思われちゃうんじゃ……」
「ああ〜それはないね」
「え!?」
「だって、俺が地味女となんか付き合うはずないってみんなわかってるし」
　あ〜そうですか。
　って……え？
　じ、地味女って、私のこと!?
　今のは聞き間違いなんかじゃない。確実に地味女と言ったよね。
　やっぱり時々毒吐いてたんだ。
「あ、電車来たよ」
　桐谷くんは平然とした顔でそう言った。

　20時過ぎの電車は帰路につくサラリーマンやOLで混み合っていた。
　でもこのくらいのラッシュは慣れている。
　私は無理やり乗り込んで、奥のドアの前になんとか辿り着いた。
「榎本さん大丈夫？」
「うん、なんとか……」
　桐谷くんも私の隣に立つことができた。
　さっき言われた言葉が、まだ頭の中にあって。
　モヤモヤしている。

「つーかすげぇ榎本さん！　絶対乗れねぇだろって思ってたのに突っ込んでいくんだもんな〜」
「このくらい余裕だよ。いつものことだもん」
「バーゲンセールとかにいるおばさんみてぇ……」
　桐谷くんが私を見てククッと笑った。
　おばさんって……。
　まぁ中身は若くないとは思うけど。
「榎本さんってブレないね？　面白っ」
「そう？　喜んでいただけて……」
　キ————ッ!!
　そのとき急ブレーキがかかり、私の顔は桐谷くんの首元に突っ込んでしまった。
「ごめんっ!!」
「いや大丈夫だけど……」
　あードッキドキバックバクした。
　よりにもよって首に突っ込んでしまうなんて。
　桐谷くんの香水が鼻をかすめた。
　いい匂い……。
　って、変態か！
「結構あるね」
「え？　何が？　家までの距離？」
「いや……」
　桐谷くんの口元がほころんでいる。
「何？　言ってよ」
「胸でかいね」

「はぁ!?」
　すぐ近くに人がいるっていうのに、この人何言ってんの!?
「今ぶつかったとき当たったんだって」
「信じらんない……」
「いーじゃん、でかいのは女の武器になるだろ」
「嬉しくない」
「マジで嫌そうな顔すんね？」
「嫌だもん……私にとってはコンプレックスだから」
　私は昔から胸が大きいのがコンプレックスだった。
　背が高い私は余計ガタイがよく見えるし。
　だから小さく見えるようにサラシを巻いたこともあった。
　突然、桐谷くんが私の顔を覗き込んだ。
「胸でかくても……榎本さん地味だしなー。それがもったいねぇ」
「あ、あのさぁ……桐谷くんって結構きついこと言うよね？地味とか……」
　他にも色々とちくちく言われた気がする。
「あー。俺、地味な女が嫌いなんだよね」
　ものすごくハッキリとおっしゃるお方で。
「桐谷くんがそんな人だと思わなかった……」
「可愛い子にはこんな態度じゃないけど」
　それを平気な顔して私に言う。
　はぁっ？

怒りで手が震えた。
　しかし、そのときちょうど駅に着き、私は桐谷くんを殴らずに済んだ。

「桐谷くん、ここでいいから」
「家まで送るけど」
「本当にいいの！　送ってくれてありがとう！」
　気持ちがこもってない棒読みのセリフを言い、一礼してから今度は追いつかれないように猛ダッシュで走った。
　足だけは自信がある。
　昔よくリレーの選手に選ばれたもんだ。
　っていうのはどうでもいいんだけど。
　桐谷くん……めっちゃ腹黒いし！
　世界中の地味子を敵に回したよ!?
　きっと家まで送らずに済んだぁとか思って、胸を撫で下ろしてるんだろーな。
　騙されてる学校のみんなが可愛そう。
　あいつの本性なんてバレればいーのにっ！
　私は荒々しく家の門を開けた。

地味子から生まれ変わりました。

　颯太先輩……。
　美化委員で一緒だったとき、先輩は私に優しく教えてくれた。
　めんどうくさい花の水やりも草むしりも、先輩と一緒なら楽しかった。
　それが今でも忘れられなくて。
　私は高校に入ってからも美化委員に入った。
　もしかしたら先輩もまた美化委員なんじゃないかと思ったから。
　でもその読みは外れていて……。
　初めて委員会の集まりがあったとき、颯太先輩の姿がなくてガッカリしたっけ。
　でもなんだかんだいって、学校を綺麗にするのは気持ちがいいし、花に水をやるのももう慣れた。
　意外にこの仕事が合っているのかもしれない。
　そんな私は今日も美化委員の当番で、朝早くにこうして生徒玄関を掃除している。
　8時半を過ぎた頃が一番生徒玄関が混み合う。
　その時間までには掃除を終わらせようとしていた。

「榎本さん？」
　突然名前を呼ばれ顔を上げると、目の前に桐谷くんが

立っていた。
　昨日のことが甦(よみがえ)ってきてイラッとしてしまう。
「お、おはよう」
「おはよ。何してんの？」
「何って……掃除だよ。美化委員の当番だから」
「へ〜榎本さんって真面目だよね？　そーいうの普通みんなサボるじゃん」
　……桐谷くんに言われると、なんでも嫌みに聞こえてしまう。
　眠そうにあくびをしながら上履きに履き替えている。
「てかさ、昨日急に帰んなよ。俺ホームにひとり取り残されてポカーンだったんだけど」
「あ、ご……ごめん……」
　って、なんで私が謝らなきゃいけないの!?
　そしてなぜか桐谷くんは、そんな私を見てほくそ笑んでいる様子。
　何がおかしいわけ!?
「あれ？　蒼空と彩ちゃんって仲良いの？」
　そのとき、颯太先輩の声がしたので振り返ると……。
　そこには先輩と、隣にはいつも一緒にいる女の先輩が立っていた。
「颯太先輩！」
「おはよう彩ちゃん」
　爽やかな笑顔で微笑んでくれている！
　朝から先輩に会えるなんて……。

でも隣の女の先輩は真顔で私を見つめている。
　睨まれているわけじゃないのに、ちょっと怖い。
「蒼空、昨日彩ちゃんと一緒に帰ったんだ？」
　笑いながら桐谷くんに話しかけている。
　先輩、桐谷くんと仲良かったんだ……。
　それなのに、桐谷くんはチラリと一瞬先輩の方を見るだけで、何も言わない。
　なんなのその態度!?
　先輩がせっかく話しかけているのに！
「クッ。お前は相変わらず生意気だな〜」
　笑っている先輩の横を、桐谷くんは真顔で通り過ぎていった。
「おい待てよ、せめてさっきの質問には答えろって」
　その言葉に、桐谷くんは足を止めて振り返った。
「一緒に帰ったけど、それが何？」
　冷めた目で先輩を見る。
　桐谷くんらしくない。彼はいつも笑顔で、周りには愛想がいいのに。
　先輩と仲良いんじゃないの……？
「……可愛くねぇやつ」
「俺、用あるから」
　そう言って、スタスタと行ってしまった。
「あいついっつもあんな態度なんだよね〜。俺嫌われてるっぽい」
　先輩がハハッと軽く笑う。

こんなに優しい先輩を嫌うなんて……ありえない。
　あいつの根性がひんまがってるからでしょ。
「蒼空と仲良いの？」
「い、いえ！　同じクラスなだけです！」
「そっか。あいつには気をつけた方がいいよ、女関係はひどいから」
「はい……大丈夫です」
　昨日ちょっと一緒にいただけでそれはよーくわかった。
　気をつけなくても、私が桐谷くんに好意を抱くことはまずない。
　だって私が好きなのは……。
「それより、昨日連絡先聞くの忘れてたんだよね」
　そう言って、先輩は私のポケットからはみ出ていたスマホを取った。
「メール送っとくねー」
「は、はいっ」
　嬉しくて死にそう。
　先輩の連絡先が私のスマホに入った。
「今度マジで遊ぼうね」
　私のスマホを再びポケットに入れてくれた。
　その何気ない行為(こうい)でさえもドキドキしちゃってる。
　ふと視線を感じ横を見ると、一緒にいた女の先輩と目が合った。
　間近で見るのは初めてだけど、色素薄いし、細くて綺麗な人だな……。

「あ、朱里も彩ちゃんの連絡先入れとく?」
「別にいい」
　素っ気なくそう返された。
　そうだよね。
　この女の先輩とは面識ないし私の連絡先なんか知りたくもないよね。
　……ってか……。
　今、朱里って言った!?
　朱里って……昨日翠たちが話してた人!?
「あのっ平松……朱里先輩ですか!?」
　思わず口に出してしまった。
　私の問いかけに女の先輩は目を丸くしている。
「……そうだけど?」
　やっぱり!!
「そうですか……すみません急に」
　朱里先輩は不審そうな顔をしている。
　だよね、突然知らないやつにフルネームで名前言われてビビるよね。
「俺らもそろそろ行くか。じゃ、今度遊ぼうね」
　先輩が笑顔で私に手を振った。
　それだけでテンションアップ!
　私も負けないくらいの笑顔で手を振る。
　私、本当に幸せ者だよ。
　朱里先輩とは一瞬目が合ったけど、すぐに逸らされてしまった。

綺麗なのに、なんだか冷たくてクールな印象。
　　そういえば……朱里先輩と桐谷くんって何かあるんじゃなかったっけ。
　　昨日翠は何を言おうとしていたんだろ。
　　まぁあいつのことなんてどーでもいいか。
　　それよりも、先輩のこと思い出すと胸がドキドキして、苦しくなってやばい〜!!
　　スマホのアドレスを見ると先輩の名前が入っている。
　　振られたけど……やっぱりまだ好きだよ……。

　　階段を上ろうとしたとき、上から視線を感じたので顔を上げると。
　　そこには威圧感たっぷりの桐谷くんが立っていて。
　　ちょっと怖くなり、思わず目線を逸した。
「榎本さんってさ、颯太くんのこと好きなの?」
　　唐突にそう言うもんだから、思わず階段から滑り落ちそうになった。
　　桐谷くんは壁に寄りかかって腕を組んでいる。
　　不覚にも、後ろから差し込んでいる窓の光が桐谷くんの体に当たっていてとても綺麗だと思ってしまった。
「き、桐谷くんには関係な……」
「あの人に関わんない方がいーと思うけど」
「は!?」
「榎本さんってさ、騙されやすいでしょ」
「別にっ何も騙されてないし!　ってかさ、なんで颯太先

輩にあんな態度取るの!? あんなにいい人なのに……」
「あいつが嫌いだから」
「え!? なんで……」
　聞こうとしたそのとき、小走りで誰かが近寄ってきた。
「蒼空〜!!」
　そう桐谷くんの名前を呼んだのは、去年のミス新崎に選ばれた水原愛奈。
　私とは正反対の小動物系女子。
　可愛すぎる小さな顔に小柄な体形……。
　水原さんは桐谷くんの腕に抱きついた。
　水原さんとも仲良いんだ！
「おはよぉ〜」
「はよ……」
　桐谷くんと挨拶を交わすと、隣にいた私と目が合った。
「ねぇ……蒼空、今日この子と学校来たの？」
「あ〜……、うん」
　えっ。
　一緒に登校なんかしてないし！
　水原さんは信じられないといった表情で私を見つめる。
「嘘でしょー!? 蒼空、もう誰とも遊ばないって約束したのにっ!! いい加減私だけを見てよ」
　朝から濃い話だな……。
「そーゆー約束はできないって言ったはずだけど」
　桐谷くんは少しイラついているようで。
　こんな可愛い子に好かれてるのに一途になれないわけ!?

「私……彼女でしょ？」
「何勘違いしてるか知んないけど、一度もお前のこと彼女だなんて思ったことねぇけど」
「ひ、ひどい……」
　水原さんは涙目になりながら、桐谷くんの胸に寄りかかる。
　本当にひどい返し方するな……。
　翠が言ってたように、いつか刺されちゃうんじゃないのこの人。
　そろそろ私、この場を離れようかしら。
　とばっちりくらいそーだし。
　しかし次の瞬間、桐谷くんが私の手首を掴んだ。
「俺、今日はこの子と帰る約束してるから」
　なっ……!!
　一緒に帰る約束なんかしてないし!!
　さっきから嘘ばっかじゃん！
　一体何を企んでいるの!?
「嘘でしょ!?　蒼空がこんなダサい女と遊ぶとかありえない！」
　だ、ダサい女……。
　これでも中学のときよりはオシャレ頑張ってるんですけど……。
　水原さんみたいにセンスもよくないし髪型のアレンジも下手だけどさ……。
「とにかく……無理だから。じゃーな！」

桐谷くんは私の手を引っ張り、教室の中に入った。
　廊下を見ると、水原さんがすんごい形相(ぎょうそう)でこちらを睨んでて身震いした。
　私まで恨まれるのはごめんだよ〜!!
「ちょっと桐谷くん！　なんであんなことっ……」
「あの子結構しつこくて。お前、今日だけ俺の彼女な？」
「えぇ!?」
「放課後、迎えに行くから。じゃ」
　そう言って、桐谷くんは他の友達のところへ行ってしまった。
　何それっ！　強引すぎるし私の返事も聞かないで勝手に決めるとかってっ！
　イライラしながら席に座ると、隣の席に渉くんが座った。
「彩ちゃんおはよ」
「おはようっ」
　やば、イライラして感じ悪い言い方しちゃったな。
「昨日あのあと蒼空に会えた？」
「あ、うん……送ってもらったよ」
「よかった〜あいつ彩ちゃんのこと慌てて追いかけてったよ〜」
　渉くんが口を押さえながら笑っている。
　確かにあいつすごい息切れてたっけ……。
　自分のために必死に走ってきてくれたと聞いて、悪い気はしない。
　でも……。

いつもひと言余計なこと言ってくるし、さっきみたいに自分勝手なとこあるし！
　　やっぱり許せん。
　　放課後まで、桐谷くんと話すことは一度もなかった。
　　席も離れてるし、彼の周りにはいつも人が沢山いたから。
　　桐谷くんは女子からはもちろん、男子にも好かれている。
　　たまに見ると女の子とじゃれあってることが多くて。
　　スキンシップが多いな……。
　　水原さん、桐谷くんのことすごい好きみたいなのに桐谷くんはそうでもないのかな。
　　あんな美人を振るなんてもったいないわ。
　　今日一日中、ふとしたときにあいつの方を見てしまっている自分に気づいてムカついた。

　　放課後、約束通り桐谷くんが私の席に来た。
　　てか……。
　　堂々と来ないでほしいんですけど。
「榎本さん、帰るよ」
　　桐谷くんが私のバッグを持って歩きだした。
　　周りのみんながこっちを見て驚いている。
　　だよね、私と桐谷くんがしゃべってるってだけでも驚きなのに。
「ちょっと……待って！」
　　助けを求めようと思ったのに、渉くんは席を外してるし、翠も教室にいなかった。

とりあえず、翠には先に帰るってメールしとかなきゃ。
　桐谷くんは歩くのが速くて。
　歩幅くらい合わせてくれたっていーのにっ。
　廊下に出て校門を出るまで、沢山の生徒とすれ違ったけど、桐谷くんはみんなに声をかけられていた。
　そして隣の私にみんな注目している。
　確かに桐谷くんと私が並んで歩いてるのはおかしいかもしれないけど……。
　私だって一緒に帰りたくなんかないんですよ〜〜！
　隣を歩く桐谷くんは鼻歌なんか歌っている。
　一体何を考えてんだろこの人は。
　でもこうやって並んでみるとよくわかる。
　私は女にしては背が高くて、それもコンプレックスだったんだけど……。
　桐谷くんは私よりも10センチくらい背が高くて、体型もガッチリしている。
　そのせいかショーウィンドウに映る私はいつもよりも小さく見えるような気がした。
「あのさ……なんであんな可愛い子振っちゃうの？」
「え？」
「私、水原さんに殺されそう……」
「水原？　……ああ〜。あの子さ、性格悪いから」
　え。それをお前が言うかいっ。
　なんて、言葉には出せないけど。
　一応女の子の中身も見てるんだ。

「大丈夫だって。殺されねぇから心配すんな」
　何も根拠がないのに……その適当さ加減がムカつく。
　桐谷くんは突然立ち止まり私の方を向いた。
「何かされそうになったら言えよ?」
「え!?」
「話だけは聞いてやるから」
　ぶっ!
　不覚にも一瞬ドキッとしてしまった私って一体……。
　"守ってやる"だなんて言われるとでも思ってたのかな。
　横で笑っている桐谷くんの笑顔が、なんだかキラキラしててたじろいでしまう。
　腹黒いけどイケメンなのは認める。
　それにしてもこの胸の高鳴りは何!?
　ああーダメダメ!
　遊び人になんかに騙されるなっ!

「あれー?　蒼空!?」
　そう呼んだのは、短い横断歩道を挟んで信号待ちしてた女の人だった。
　20代後半くらいの、オシャレな女の人。
　桐谷くん……大人の女にまで手を出してるの!?
「お!　優奈さん!?」
　隣にいた桐谷くんが、笑顔で手を振る。
　信号が青になり、その女の人は走って私たちの元へやってきた。

Part♡1 >> 45

「久しぶり〜！　相変わらずチャラそうだね」
「優奈さんこそ、老けた？」
　桐谷くんは女の人に頭を強く叩かれて痛がっている。
「本当生意気なんだから……って、こちらは彼女さん？」
　突然話を振られて焦った。
「ち、違います！」
「ぷっ。即行否定されてやんの」
　女の人は楽しそうに笑っている。
　どうやら桐谷くんに恋愛感情はないらしい……。
「うるせーよ。ただの同級生だし」
「へぇ〜」
　ジロジロと女の人に見られて硬直した。
　ダサいとか思われてんのかなやっぱ。
「うん……いいね！」
　え？　"いいね"??
「あのさ蒼空、この子のこと私にまかせてくれないかな？」
「はぁ？」
「久々に燃えてきた!!」
「マジかよ……。だって優奈さんもう上がりだったんじゃねぇの？……」
「そうなんだけど、この子見てたら今すぐやりたくなっちゃって！」
　なんだか話が見えない。
「あ、あの……」
「ちょっとうちの美容室来てもらってもいいかな!?」

「美容室ですか!?」
「うん。私の店なの」
　女の人はにっこり笑って私を半ば強引に連れていった。
　桐谷くんを見ると腑に落ちないような……呆れてるような……そんな顔をしている。

　辿り着いた先はオシャレな外観の大きなお店だった。
　ここって……テレビとかでよく見る人気のヘアサロンじゃん!!
　予約するのも難しいってよく聞く。
「彩ちゃん……だっけ？　あなたのこと可愛くしてあげたいの。カットモデルになってくれる？」
「カットモデルですか!?」
「うん。絶対可愛くなるから……まかせてほしいの」
　女の人に圧倒され、私は頷くしかなかった。
　可愛くなるなんて少しも思ってもないけど、なぜか自信たっぷりのこの人に、まかせてみたくなった。
　オシャレで可愛い個室に案内され、初めに軽く自己紹介された。
　名前は優奈さんといって、桐谷くんのお父さんの友達の妹さんらしくて。
　なんか遠い関係だな。
　優奈さんは桐谷くんが小さい頃、よく遊んであげていたらしい。
　そして3年前にこの美容室をオープンさせた。

この店の店長さんだったなんて。
　若いのにすごいな……。

　髪をやってもらいながら色んな話をしたけど、話しやすくてとてもいい人だった。
「彩ちゃんは蒼空と前から仲良いの？」
「え、あ……最近話すようになって。その前まではただのクラスメイトで話したこともなかったんですけどね」
「そうなんだ～学校での蒼空ってどんな感じー？」
「あ～、腹黒いですね」
　すると突然優奈さんが吹きだした。
「腹黒い!?」
「はい……」
「……彩ちゃんって面白いね」
「え？」
「今まで蒼空の友達は何人か来たことあるんだけど、みんな蒼空のいいところしか言ってなかったからさぁ～まぁ……顔は陸に似てるからモテるのは間違いないけど、腹黒いとかって初めて聞いたわ」
「陸……？」
「あ、蒼空のパパね」
「そんなに似てるんですか」
「似てる似てる!!　顔は瓜ふたつ！　でも性格は全然違うのよ！　蒼空は太陽みたいな子だけど、パパの方は月って感じかな～」

優奈さんはゲラゲラ笑っている。
「でも腹黒いってマジでツボッ！」
「そ、そうですか……」
「彩ちゃんだけには本当の自分を見せてるってことなのかなー？」
「どうでしょうね〜」
「でもあの子、一時期すごく暗かったんだよ」
「ええ!?　桐谷くんがですか!?」
　いつも笑顔(私には小悪魔っぽく見えるけど)で、余裕たっぷりで、なんにも悩みなんてなさそうなのに。
　あの桐谷くんが暗いなんて想像できない。
「色々あったみたいだけど、吹っ切れたようでよかったわ」
「へ、へぇ……」
「これからもあの子のこと、よろしくね？」
「あ、はい……」
　あまりよろしくしたくはなかったんだけどな。

　優奈さんにカラーカットと、ついでにメイクの仕方も教わった。
「よし……目開けていーよ!!」
　おそるおそる目を開けると、そこには見たことない自分がいた。
　誰これっ!!
　眉毛より下まであった前髪は短くなっていて、髪も明るめの茶色に染まってて、軽い感じになっている。

そして少しコテで巻かれていた。
　メイクもナチュラルなのに、素っぴんとはまた違くて。
　眉毛も綺麗に整えられていた。
　前髪切ったら丸顔が目立って絶対やばいと思ってたのにっ!!
　両サイドに重苦しい髪がなくなって、スッキリした感じになっている。
「お、驚きです……」
「でしょ!?　チョー可愛いっ!!」
　さすが人気店の店長。お見事としか言いようがない。
「このくらいの髪の色なら学校も平気だし、下品じゃない明るさでいいよね?」
「はいっ……本当にありがとうございます!」
　優奈さんは満足そうに微笑んだ。
「営業トークじゃないけど……またお店に来てね?　彩ちゃんならサービスするから」
「はい!」
「蒼空呼んでくるね〜」
　急にドキドキしてきた。
　この姿見てなんて言うのかな……。
　自分でいうのもなんだけど、結構可愛いと思う。

　しかし……。
　桐谷くんは私を見て、無言だった。
　やっぱり。

「ちょっと蒼空！　どーなのよ!?」
　優奈さんが隣ではやし立てる。
「んー、前よりはマシ」
　その言葉に私は桐谷くんを二度見してしまった。
　あんなに散々私をバカにしてたのに……。
　マシってことは、前よりもよくなったってことだよね!?
　今まで傷つくようなことばっか言われてたから、マシと言われただけでも、すごく嬉しくなる。
　私は優奈さんに何度もお礼を言い、店を出た。
　素敵な人だった。
　あの若さで店を持つなんてすごいことだよね。
　お客さんをこんな風に喜ばせることができるなんて、やりがいがある仕事なんだろうな〜。

　外は薄暗くなっていた。
　ショーウィンドウに映る私は、さっきとは全然違くて。
　これなら桐谷くんと並んでも悪くないと思うんだけどなぁ……。
　さっきから無言の桐谷くんはなんかちょっと怖かった。
　この人って笑ってないとなんか話しかけづらいし、怖いんだよね。
「あの……もう駅だからさ、ここでいいよ」
「あー。今日も暗いから送ってやるよ」
「え、いいよ別に……」
　無理に送ってくれなくてもいいのに。

桐谷くんがそんなこと言ってくれるとは思ってもみなかった。
　すると突然私の左手を掴んだ。
「桐谷くん!?」
「もう電車来るじゃん」
　私の手を引っ張って、急ぎ足で歩きだす。
　だからっなんでこの人は強引なの!?
　私の話聞いてないしっ！
　しかも手繋いでるし！
　左手だけがビリビリして手汗が一気にわき出る。
「榎本さんの手って小せぇな」
「そ、そう!?　てか……私逃げないからっ。だ、だから手はなはな離して!?」
「ぷっ。緊張してんだ？」
　桐谷くんは手の甲で口を押さえながら笑っている。
　緊張するに決まってるじゃん！
　男の子と手を繋ぐの初めてなのにっ。
　確かにこんなことされたら女の子はドキドキしちゃうし、好きになってしまうのもわかる。
　私はならないけどっ！

　昨日のように激混みの電車に乗り込み、最寄り駅に着いた頃には真っ暗になっていた。
「ほら。こんなに暗いんだから、送って正解でしょ」
「う、うん……」

桐谷くんは電車の中でもずーっと手を握ってて。
　手汗でびっしょびしょなのに。
　私の反応見て面白がってるのかな!?

　駅から歩いて20分。
　ふたりっきりで気まずいと思っていたけど、桐谷くんは次々と色んな話をしてきた。
　担任の先生の秘密とか、中学校時代の渉くんのこととか。
　話は尽きなくて、あっという間に家に着いてしまった。
　桐谷くんを好きな女の子の気持ちがほんの少ーしだけわかった気がする。
　彼といると楽しいし、無邪気に笑う桐谷くんを見ると微笑ましくなる。
　それに美容室を出てからムカつくことも言わないし。
　いいんだけど、なんか調子狂うな。

「優奈さんにもう一度お礼言っといてくれる？」
「わかった」
　家の門の前で、桐谷くんを見上げた。
　月明かりの逆光で表情はよく見えなかったけど、やっぱ背高いしスラッとしててかっこいい……なんて思ってしまった。
　これで口が悪くなければパーフェクトなのに。
　あんなに話してたのに、なぜか急に無言になった桐谷くん。

「じゃあ……またね？」
　気まずいからそう言って門の中に入ろうとしたとき「榎本さん」と、呼び止められた。
「な、何!?」
「……」
　桐谷くんは何か言おうとしてるみたいだけど、ただ私を見つめているだけ。
「なんなの……？」
「……なんでもねぇ」
「はぁ!?」
　この人私をバカにしてんの!?
　送ってくれたりして、ちょっといいやつだなって思ってたのに！
「じゃあな」
　フッと、一瞬笑ってから背を向けた。
　でも今日の桐谷くんはなぜかいつもと違くて。
　月明かりに照らされた桐谷くんの後ろ姿を見えなくなるまで見ていたことは、私の心の中だけにしまっておこう。

嫌われているようです。

　昨夜は全然眠れなかった。
　目をつぶると桐谷くんの顔が思い浮かんできて……。
　なんでだろう。
　昨日ずっと一緒にいたからかな？
　おかげで翌朝は完全に寝不足だった。
　結局寝たのは４時すぎで。
　私は目を赤くしながらも、久々にコンタクトレンズを付けてみた。
　昨日桐谷くんにマシだと言われたからって、苦手なコンタクトレンズも頑張ってみようと思うなんて。
　私どうかしてる。
　慣れないコンタクトレンズはやっぱりゴロゴロして付け心地が悪い。
　学校に着いたら外そうかな。
　そう思いながら通学路を歩いていると、チラチラとうちの高校の生徒が私を見てきた。
　いつもと雰囲気が違うからかなー？
　なんか照れる。翠になんて言われるだろう。

　高校の門をくぐると、至るところで私の方を見ながらこそこそと話す生徒たちがいた。
　そんなに注目されることでもないと思うけど……。

女子からはなぜか睨まれてるような気もする。
　上履きに履き替えて階段を上ろうとしたとき。
　上から女子ふたりが下りてきて、私の目の前で立ち止まった。
　え、な、何!?
「榎本さんだよね？」
「う、うん……」
　話したことがない、他のクラスの女子ふたり。
　すごい形相で睨んでくる。
「蒼空と付き合ってるの？」
「は!?」
　桐谷くんと……私が!?
「ダサかったくせに……２年になって高校デビュー？」
「蒼空は特定の子作んないって言ってたのに……やっぱありえないよ！」
　ふたりでなんやかんやと言ってくる。
　あの、状況が読めないんですけど…。
「ねぇ、嘘なんでしょ!?」
「黙ってないでなんとか言ったら!?」
　ずいずいと迫られて私はふたりに圧倒されていた。
　なんで私がこんな目に遭うのー!?
「彩ちゃん？」
　そのとき、後ろから渉くんの声がした。
「わ、渉くん！」
「おはよー。どうかした？」

渉くんが女の子たちをチラッと見る。
　　ふたりとも動揺してるっぽい。
「用がないなら行こっ」
　　渉くんが私の手首を掴んで階段を上り始めた。
　　振り返ると女の子たちは気まずそうにしていて。
　　助かった……渉くんがいなかったら、私シバかれていたかも。
「ありがとう……渉くん」
「彩ちゃんさぁ……蒼空と付き合ってるの?」
　　渉くんまであのふたりと同じこと聞くの!?
　　しかもめっちゃ笑顔で。
「つ、付き合ってないよ!?　なんで!?」
「なんか朝から噂になってるよー。俺何人かの女子に聞かれたもん」
　　そ、そんなぁぁぁ――っ!
　　なんでそうなるのよ!
「ないない!　付き合ってなんかないよ!」
「そっかー、だよねぇ?」
「うん、そーだよっ!」
「てかさ……」
　　今度はじぃっと私を見つめてきた。
　　渉くんの顔がどアップ。
「なんか違くない?　メガネもしてないし、彩ちゃん可愛くなった!?」
「そ、そうかな!?」

「うん、可愛ーよ！　どーしたの？」
「あのね……」
　そのとき廊下にいた翠が私を見つけて走ってきた。
「彩〜っ！」
　それはとても興奮した様子で。
　もしかして……翠も何か聞かれたのかな。
「待って！　私、桐谷くんと付き合ってないよ！」
「うん、だと思ったぁ〜！　あんなのただの噂でしょ？　手繋いでたって」
「え、手!?」
「そう。昨日の帰りに蒼空と彩が手を繋いでるとこ見た子がいるんだって〜」
　あのときだ……。
　電車に乗る前に桐谷くんが逃げないように私の手を握ってたから……。
　自分の顔が引きつっているのがわかる。
「み、見間違えじゃないの……かな!?」
「だよね。蒼空は遊んでるけどカップルみたいに手繋いで歩いたりは絶対しないって言ってたし。前に勘違いされたことあったらしいんだけど、それ以来そーゆーことはしないんだって〜」
「へ、へぇ〜」
　それなのに簡単に私としちゃってたよ！
　なんでなの桐谷くん!!
　私なら勘違いしないとでも思ったのかな？

「てか、彩が可愛くなってる!!」
「だよね!?」
　隣にいた渉くんも翠に同意していた。
「どーしたの急に!?」
「えっと……あの〜」
　ふたりで食い入るように見つめてくるもんだから後ずさりしてしまう。
「あっ、蒼空おはよ！」
　翠の声にドキッと心臓が跳びはねた。
　振り返ると眠そうな顔をした桐谷くんが後ろに立っていた。
「はよ〜」
「蒼空はのんきだな〜彩ちゃんと蒼空が付き合ってんじゃないかって学校中噂になってんのに」
　渉くん声大きいっ。
　周りの生徒たちがうちらの方に注目している。
　視線が痛いよ……。
「へぇ」
　本当にのんきだなこの人……。
　あんたのせいで私は朝から嫌な思いしたのにー!!
「ねぇ、それより見てよ!!　彩可愛くなったよね!?」
　翠が私の体を桐谷くんの方に向けた。
　翠……何すんのー!!
　すぐ目の前に桐谷くんがいるからどこ見ていいのかわかんないっ。

桐谷くんは一瞬私の方に目を向けて、すぐに逸らした。
　それがなんだかすごく冷たくて。
　ズキンと胸が痛んだのはなんでだろう。
「そうか？」
「可愛いじゃんっ！　素直に認めなさいよっコンタクトにしたんだってーこの方がいーよね!?」
　翠もうやめてーっ
　桐谷くんはバッグを自分の席に置くと、半分笑いながら私を見た。
　なんか目が笑ってないんですけど。
「昨日ちょっと髪型変えてもらったからって、そう簡単に人って変われねぇんだな」
　ズキッと再び胸が痛む。
「は？　何それ、どーいう意味？」
　翠がイラついた様子で桐谷くんに迫っていく。
「その通りの意味だけど。地味な女は何やっても地味だってこと。メガネ外してもやっぱ変わんねぇじゃん。あ、昨日俺がマシになったって言ったから調子乗っちゃった？」
　桐谷くんが私を指差した。
　言葉が出ない私は、唇を強く嚙みしめた。
　ひどい……。
　桐谷くん、そう思ってたんだ。
　昨日の別れ際に何か言いたそうにしてたのは、そういうことだったんだ。
「ちょっとあんたっっ……」

「蒼空っ!!　言いすぎだよ!」
　翠と渉くんが桐谷くんに突っかかる。
「や、やめてふたりともっ!!」
　その言葉に３人が一斉に私を見た。
「だって、彩っ……」
「いいの……ほ、本当のことだから……」
　桐谷くんは冷めた目つきで私を見ている。
　昨日のような優しい雰囲気はどこにもない。
「つーかさ、俺がこんな女と付き合うわけねーじゃん。変な噂たてんなよな」
　周りに聞こえるように言うと、ため息をついて椅子に座った。
　どこからかヒソヒソと声が聞こえてくる。
「やっぱデマだったんじゃん」
「蒼空が榎本さんと付き合うなんてありえないもんね〜」
「心配して損したー!!」
　桐谷くんのことが好きな女子たちから笑い声が聞こえてくる。
　やばい……泣いちゃいそう。
「ご、ごめん。ちょっとトイレ……」
　その場にいられなくて、教室を飛び出した。
　後ろから翠に呼ばれたけど、振り返ることができなかった。
　私の目には今涙がたまっていて。
　どうしてこんなにショックなんだろう。

今までの私ならこんなこと気にしなかった。
　ただムカついてそれで終わりだったはずなのに。
　桐谷くんの冷たい目を見たら、なんか悲しくなった。
　きっと昨日の帰りが楽しくて打ち解けたと私が勝手に勘違いしてたのかも。
　前よりマシになったって言われて、浮かれてしまってた。
　私って……バカだな。
　桐谷くんは少しも私に心を開いてくれてないのに。
　彼は私のことを最初から気にくわなかったんだ。
　地味な女は嫌いだって言ってたし。

　他の生徒に泣いているところを見られたくなくて、必死に走った。
　ドンッ!!
　無我夢中で走っていたら、階段の踊り場で人とぶつかった。
　勢いよくぶつかったので、思いっきりしりもちをついてしまった。
「いったぁ……」
「誰かと思ったら……彩ちゃんじゃん」
　顔を上げると、そこには颯太先輩がいた。
「颯太先輩っ!!　す、すいませんっ」
　立ち上がって頭を下げると屈んで私の顔を覗いてきた。
「彩ちゃんこそ大丈夫?　俺はガタイがいいからなんともないけど……」

「は、はいっ……」
　お尻がじんじんしていたけどそんな恥ずかしいこと言えるはずないし……。
「てか……泣いてる？」
「え……!?」
　先輩の顔が近くなり、体が硬直してしまう。
「い、いえ……大丈夫なので……」
「大丈夫じゃないでしょ……そーだ。次ふけない？」
「え？」
「1時間だけ。いーよね？」
　そう言って先輩が私の腕を掴み、階段を上っていった。
　な、な、何が起きてるの!?
　先輩が私の腕を掴んでる!?
　口から心臓が飛び出そうなくらいドキドキしている。

　辿り着いた場所は屋上だった。
　授業をサボったことなんてない。
　翠、心配しているかな……。
　でも今はまだ教室に戻りたくなかった。
「あれ？　俺強引すぎた？　彩ちゃん嫌だったかな」
　先輩は苦笑いしながら座って柵に寄りかかった。
「い、いいえ！　大丈夫ですっ」
　私もさりげなく先輩の隣に座った。
「てかさ、彩ちゃん雰囲気変わったね？　可愛くなった」
「本当ですか……!?」

「うん、びっくりした。イメチェンしたの？　すげーいいよ」
　先輩は私の髪の毛を自分の指に絡めた。
　ドキッとして息が止まる。
「で、なんで泣いてたの？」
　どうして泣いてしまったのか、自分でもよくわからなかった。
　桐谷くんにあんな風に言われたからショックだったのかな……。
「もしかして、蒼空が関係してたりして」
「え!?」
　驚いて颯太先輩を見ると、両方の口角を上げてニッコリ笑っている。
「アタリ？」
　違うともそうだとも言えなくて、私は俯いてしまった。
「彩ちゃんと蒼空が付き合ってるって噂流れてるじゃん？」
「３年生にまでその噂が……」
「ムカつくけどあいつ、３年の女にもモテるからさ、そーいう噂はすぐ耳に入るんだよね」
　桐谷くん、全学年の女子に好かれてるのか……恐ろしい。
　彼と付き合った子は殺されるんじゃないかな。
　少し噂がたっただけでも朝からエライ目に遭ったし。
「本当に蒼空と付き合ってんの？」
「ち、違いますよ!!　ただの噂です！　最近一緒にいるから勘違いされただけです！」
　必死になってる私の顔を、先輩は笑って見ていた。

「そっか……ならよかった」
「え……？」
　ふいに横を見ると先輩の顔が近づいてきたので、私は反射的に避けてしまった。
「せ、先輩!?」
「ごめん……ついね」
　え、ど、どういうこと……!?
　ドキドキよりもなぜか恐怖心の方が大きくて。
「そんな顔しないでよ、悪かったって！」
「い、いえ……私も……すみません」
　どうして私、避けてしまったんだろう……。
「わ、私もう教室戻りますっ」
　立ち上がると手首を掴まれた。
「彩ちゃんさ、明日暇？」
「え……!?　明日って……土曜日？」
「うん。一緒に遊ばない？」
　先輩とふたりで……？
　前だったら跳びはねるくらい嬉しいことだったはずなのに、今はちょっと考えてしまう。
　なんでだろ……。
「あ、嫌だった？」
「嫌ではないんですけど……」
「もしかしてさっきのことでひいたなら……ごめん。彩ちゃんが可愛くてさ。もうあんなこと絶対しないから。観たい映画があって、それに付き合ってほしーんだよね」

映画くらいいいよね……。
　ふたりっきりだけど周りに人もいるし。
　先輩もさっきみたいなことはしないって言ってくれてるし……。
「わかりました……行きましょう」
「やったね！　じゃあ明日13時に駅前で」
　先輩と遊ぶ約束をしてしまった。
　あんなに好きだった人なのに、私ったら何を悩んでるんだろう。

　教室に戻ると授業が始まっていた。
「榎本どーした？」
「すいません、具合悪くて保健室に行ってました」
　先生に頭を下げると、一番前に座っていた翠に口パクで「大丈夫？」と聞かれた。
　笑顔で頷くと笑い返してくれた。
　やっぱり翠、心配してくれていたんだ……。
　自分の席に向かう途中、桐谷くんが視界に入ったけど、彼は机に伏せていた。
　ズキンと胸が痛む。
「彩ちゃん……大丈夫？」
　隣の席の渉くんが心配そうに私の顔を覗き込む。
「うん、大丈夫！　さっきは急にごめんね」
「蒼空さ……普段は女の子にあーいうこと言わないんだけど……」

「うん……」
　わかってる。私だからあんな風に言ったんだよね。
　本当に可愛い子には、あんなひどい態度取らないはずだもん。
　それから桐谷くんと目が合うこともなくなって。
　もともと私と桐谷くんは住む世界が違うからいいんだけど。
　渉くんや翠が気を遣ってくれているのがよくわかる。

「彩！　今日の帰りみんなでカラオケ行かない!?」
　放課後、翠が私を誘ってくれたけど、そんな気にはなれず。
「みんなって……渉くんと桐谷くんも？」
「そ、そうそう！　ほら、この前みんなと行ったとき結構盛り上がったじゃん!?」
　私が黙っていると、翠がため息をついた。
「やっぱ……ダメだよね」
「うん、ごめん……」
　桐谷くんと顔合わせづらいし、嫌われてるのわかってるのに行けないよ。
「彩〜本当ごめんね、私からも謝るけど……あいつの言ったこと、本音じゃないと思うんだ」
「え？」
「蒼空とは付き合い長いけどさ、あいつのあんな顔初めて見たから……」

「あんな顔って？」
　あのとき冷たい表情していた……それのこと？
「彩が教室を出て行ったあと、蒼空もなんかすごい暗くなってめっちゃ不機嫌になってさぁ……」
「嘘!?」
「うん……いつもの蒼空じゃなくてなんか怖かったよ。誰も話しかけられなかったし……。だから、思ってないこと口にしちゃったんじゃないかなーって思ってね」
　どうして、桐谷くんが暗くなってるの!?
　ショック受けたのは私なのに。
「翠～、蒼空たちとカラオケ行くのー？」
　突然近くにいた吉本さんに話しかけられた。
　吉本さんも桐谷くんに気があるっぽくて、桐谷くんのそばにいることが多い。
　吉本さんは私の顔をチラッと見ると、鼻で笑った。
「榎本さん行きたくないなら無理に誘わなくてもいーんじゃない？」
「う、うん……」
　戸惑っている翠に私は笑いかけた。
「そーいえば今日委員会の仕事があったんだった！　だから気にしないで行ってきてぃーよっ」
「本当に……？」
「本当本当！　花壇に水やる当番だったの忘れてたんだよね!!」
　明るくそう言うと、翠にも笑顔が戻った。

「わかった……じゃ、今度ふたりで行こうね!?」
　申し訳なさそうに手を振ると、吉本さんと一緒に桐谷くんたちの方へ歩いていった。

　はぁ。
　クラスのみんなと打ち解けるチャンスだったのに。
　桐谷くんのせいで行けないよ。
　翠には委員会の仕事だって嘘ついたけど、本当に水やりに行こうかな。
　気分転換になるかもしれないし。
　私はカラオケに行く人たちでワイワイしてる間を通り抜けて中庭に行った。

　花壇を見ると土が乾いていたからちょうどよかった。
　じょうろに水をくんでいると、後ろから肩を叩かれた。
「榎本、今日当番だったっけ？」
「松林(まつばやし)先生……」
　松林先生は英語と、美化委員の担当の先生で、まだ20代の新任。
　若くて明るいから生徒とも仲が良くて、人気者。
「いえ、当番じゃないんですけど、花が気になって……」
「ハハッ。榎本は偉いなぁ〜俺なんて気にしたことないよ、美化委員担当なのにダメだよな」
　豪快に笑うと、ポンと頭を撫でられた。
「俺も手伝うよ」

松林先生はそう言って私のじょうろを持ってくれた。
　フッと近くなったとき、煙草(たばこ)の香りがした。
　やっぱ先生は大人って感じ。
　同学年の男子とは違うな……。
「榎本は真面目だよな、授業もいつも集中してるし」
「そんなことないです、集中してるふりして違うこと考えてるんですよ。今夜の夕飯何かな〜とか、放課後どこに寄ろうかなとか……」
「アハハっそうだったのか！女子高生らしいなっ」
　そう言って、私の頭を撫でた。
　先生って生徒の頭を撫でるの癖なのかな、さっきもされたような……。

　そのあとも先生と色々話し込んでしまい、気づくと17時になっていた。
　1時間も話してたんだ……。
「先生、もう17時だしそろそろ帰ります」
「お、そんな時間か。つい長話しちまったな……なんか榎本話しやすいからさ」
　確かに私も話しやすいと思った。
　失礼だけど、先生じゃなくて生徒と話しているみたい。
　先生は生徒玄関まで一緒に来てくれた。
「暗くなってきたな……俺車だけど送ってやろうか？」
「いえ、大丈夫です」
「遠慮しなくてもいーんだぞ？」

遠慮とかじゃないんだけどな。
「本当に大丈夫ですからっ」
「大丈夫じゃないだろ、お前んち遠いし……」
「お気遣いありがとうございます、でも本当に平気なので！」
　頭を下げると急いで靴に履き替えて生徒玄関を出た。
　先生は心配して言ってくれたんだろうけど……結構しつこかった。
　送ってほしかったけど、桐谷くんのときみたいにまた変な噂流れたら嫌だし。
　松林先生も女子から人気あるから、恨まれたくないしな。
　てか、私んち遠いってこと……知ってるんだ。
　当たり前か、先生だもんね。
　学校の門を出たところで足が止まった。
　驚いて動けなかったんだ。
　だって、みんなと一緒にカラオケに行ったはずの桐谷くんがそこにいたから。
　彼は友達と話をしていたけど、私の姿に気づくと友達と別れ、私の元へやってきた。
「な、なんで……!?　桐谷くんみんなとカラオケに行ったんじゃ……」
「人数多すぎだったし、途中で抜けてきた」
　両方のポケットに手を突っ込んで、なんだか偉そう。
「それに榎本さんに言いたいことあって」
「い、言いたいこと？」

「明日颯太くんと遊ぶんだって？」
「え……どうしてそのこと」
「さっき颯太くんに聞いた。なんか自慢げに言われたんだよね」
「あ、そうなん……」
「行くのやめたら？」
「え？　桐谷くんには関係ないじゃん……」
　私のこと嫌いなくせに。
　なんでいつも突っかかってくるの!?
「後悔しても知らねぇよ？」
「こ、後悔なんて、しないもん」
　ただ遊ぶだけなのに……。
　後悔なんてするはずないじゃん。
　それに憧れの颯太先輩だよ!?
「あっそ。俺はちゃんと忠告してやったからな」
　上から目線で本当に偉そう。
「あのさ、少なくとも……桐谷くんよりは先輩の方が優しいし、桐谷くんみたいに色んな女の子と遊んだりしないし！　それに……ほっといてくれる!?　桐谷くん私のこと嫌いでしょ!?　なのにイチイチ突っかかってきてムカつくんだけどっ」
　ついに……ついに言ってしまった。
　怖くて顔を上げられないけど、言ってスッキリした。
　これでいいんだ。いつも言われてばっかりじゃ癪にさわるもん！

「わかった。もう榎本さんには関わんねぇから安心して」
　その言葉に顔を上げると、桐谷くんは背を向けてしまった。
　どんな表情をしていたのかはわからない。
　心臓がドクドクしている。
　言いたいこと言ってスッキリしたはずなのに、どうして心が痛くなるんだろう。
　どうしてこんなに心が寂しくなるんだろう。
　胸が痛くて苦しいよ。

色んな意味で、ピンチです！

　翌日はよく晴れたデート日和。
　昨日のことは忘れて……とはいかないけど、なんとか頭から消して寝不足の顔を整えた。
　目の下のクマは、コンシーラーでなんとかなったかな……？
　慣れないコンタクトをして、メイクやヘアの支度にも時間をかけた。
　優奈さんに教えてもらったヘアアレンジ……。
　自分でもまぁまぁうまくできたと思う。
　先輩と初めてふたりで出かけるのに、あまりわくわくしないのはやっぱり昨日の桐谷くんのせいかな……。
　思い出したくないのについフッと頭をよぎる。
　桐谷くんの後ろ姿が。
　あーっもう！
　忘れろ～今日は先輩と遊ぶんだから!!
　私は靴を履いて、勢いよく玄関を出た。

　待ち合わせ場所に行くと、すでに先輩の姿があった。
　先輩は私の姿を見つけると、笑顔で手を振ってくれた。
　先輩とデートだなんて、ついこの前までは夢のまた夢だったのに。
　これが現実だなんていまだに信じられない。

先輩の私服はモノトーンを基調としたコーデで、かっこよかった。
「先輩！　お待たせしました」
「全然待ってないよ〜てか、私服も可愛いねっ」
　お世辞かもしれないけど、先輩はすんなり私のことを"可愛い"と言ってくれる。
　桐谷くんだったら、そんなこと微塵も思ってくれないんだろうな……。
「映画の前にさ、ランチでも行かない？　美味しいパスタの店あるんだよね」
「はい！」
　先輩は思った通りの人だった。
　優しいし大人で頼りがいがあるし、桐谷くんみたいにムカつくこと言わないし……。
　ってか、さっきからなんで桐谷くんと比較しちゃってんだろ！

　先輩が連れていってくれたお店は、雑誌で何回か見たことがあるオシャレなカフェで、いつか行きたいなと思っていた店だった。
　さすが先輩だな……。
　女の子が好きそうな店をわかっている。
「ここの白子とアスパラの和風パスタがめっちゃ美味いんだよー」
　そう言って嬉しそうにメニューを見る先輩。

無邪気なところもあって、見ていると微笑ましくなる。
　何も心配することなんてないじゃん。
『後悔しても知らねぇよ』ってどういうことよ。
　やっぱり桐谷くんは私のことをバカにしているだけなんだ。
「ついでにデザートも頼んじゃう？」
　先輩はパスタの他に、デザートも頼んでくれた。
「俺のおごりだから心配しないで」
「なんか悪いです……」
「誘ったのは俺なんだし、気にしないでよ」
　包容力もあるし、なんて完璧な人なんだろ。
　素敵だな……。

　先輩が観たいと言ったSF映画を観て、映画館を出ると辺りが暗くなっていた。
　面白かったけど……私は今日公開したばかりのラブコメの方が観たかったな。
　でも映画代も先輩に払ってもらったし、そんなこと言えないよね。
　一緒に観れただけでも幸せだもん。
　時計を見るともう18時を過ぎている。
「先輩、私そろそろ……」
「あ！　彩ちゃん、今から鍋パーティ行かない？」
　先輩がスマホを見ながらそう言った。
「鍋パーティ……ですか？」

「うん。俺の友達が今からやるらしいんだけど彩ちゃんも一緒にどう？」
「え……」
　先輩の友達って誰だろう。
　朱里先輩とか？
　戸惑っていると、先輩がハハッと笑った。
「身構えなくても大丈夫だよ、みんないいやつらだし。俺もいるから安心して？」
　笑顔の先輩を見て、私は頷くしかなかった。
　大丈夫だよね、ただの鍋パーティだし。先輩もいるんだから。
　友達の家でやっているってことで、私と先輩はその人のアパートへ向かった。
　先輩の友達は年上らしく、今ひとり暮らししているとか。
　それを聞いたとき少し心配になったけど、今更断ることなんてできなくて。

「お！　やっと来たな颯太〜おせぇぞ！」
　部屋に入ると、むわーっと煙草の煙の匂いがして咳き込んだ。
「遅れてすみません冬弥さん」
「罰金1万ねぇ〜」
　先輩が冬弥さんと呼んだ人は金髪で、髭が生えていていかにも悪そうな感じの人だった。
　部屋の中を見渡すとその人の他にも、男の人が3人くら

いいて……女は私ひとりだった。
　同じ高校の先輩は颯太先輩ただひとり。
　少し後ずさりしてしまう。
　そんな私に気づいたのか、先輩が笑った。
「ごめんね、男ばっかりでびっくりしたでしょ」
「は、はい……あの、私……」
　帰りますと言おうとしたそのとき、冬弥さんが私の腕を掴んだ。
「この子が彩ちゃん？　可愛いじゃん！」
　私を部屋の中へと、半ば強引に連れていった。
　テーブルの上には鍋の他に、煙草の吸殻が沢山入っている灰皿や、お酒の缶や瓶がそこらじゅうに置いてあった。
　心臓がバクバクしている。
　でも、心のどこかで先輩がいるから大丈夫……と思っていた。
「彩ちゃんも飲む？」
　冬弥さんが私にビールを渡してきた。
　すごくお酒臭い……。
　相当飲んでいるのかも。
「いえっ私お酒飲んだことないし、まだ高校生なので……」
「いーじゃん少しくらいさ！　俺が彩ちゃんくらいの年の頃なんて、毎日のように飲んでたよ」
　冬弥さんが無理やり私に渡すもんだから、仕方なく受け取った。
　怖そうな人だし、断ったら何されるかわからない……。

「いいね！　ぐいーっといっちゃってよ」
　先輩の方を見ると、他の人と話し込んでて私のことに気づいていない。
「で、では少し……」
　ひと口飲むと、口の中に苦味が広がった。
　ま、まずい……これがビールなの!?
「そんなちょびっと飲んだってわかんないっしょ！」
　冬弥さんは私の持っていた缶を傾けて無理やり私の口の中にビールを流し込んだ。
　にがっ———！
　それと同時に頭がクラーッと回った。
　初めてのお酒だし、一気に飲んだからかな……。
　頭がグラグラする。
「どう？　美味いっしょ」
「は、はい……」
　まずいけど、そう言ったら殺されそうだったから同意しておいた。
「彩ちゃんって本当可愛いねぇ」
　冬弥さんが別なお酒を私に渡してきた。
「もうお酒は十分ですっ……」
「いーから飲んでみなよ、こっちはカクテルだから飲みやすいよ？」
　勧められて飲んだお酒は本当に甘くてジュースみたいだった。
　これなら飲めるかも……。

冬弥さんにのせられて2本くらい飲むと、さっきよりも更に頭が回った。
　どうしよう……これが酔っぱらってるってこと？
　頭がふわふわしてて気持ちがいいけど……。
　ふと、颯太先輩がいた方を見て青ざめた。
　そこにはさっきまでいたはずの颯太先輩の姿がなくて。
　辺りを見渡しても、先輩はいない。
　私は一瞬にして目が醒めた。
「あ、あのっ！　颯太先輩は!?」
「あー？　颯太？」
　冬弥さんも部屋を見渡していた。
「いねぇなー帰ったんじゃねーの？」
「え!?　帰った!?」
　嘘でしょ……いつの間に!?
「わ、私も帰ります！」
　そばに置いていたバッグを持つと、隣の男の人に肩を掴まれた。
「まだ帰んないでよ、来たばっかでしょ？」
　目の前が真っ白になる。
　そして体がガクガクと震えてきた。
「ちょっとちょっと、怖がってんじゃねぇかよ！　お前のせいだぞ」
「マジで!?　俺なんもしてないんだけど」
　男の人たちの笑っている声が頭に響いて痛い。
　立ち上がろうとしたとき、冬弥さんも一緒に立ち上がっ

た。
「颯太が連れてくる女、どんなやつかと思ったけど合格だな」
　ニヤリと笑った顔が怖くて。
　私は咄嗟に、近くにあったお酒の瓶を冬弥さんに投げつけた。
「いってぇ……！」
　そして玄関まで走ったが、酔いが回っているせいかフラついてしまう。
「おい！　逃げんなよ!!」
　後ろで冬弥さんがそう叫んでいたけど振り返らずに外へ出た。
　フラフラしながらもアパートの階段を駆け下りると、後ろから２、３人の男が追いかけてきた。
　ヤダヤダヤダ……！
　どうしよう!!
　ガクガクと手足が震えていたけど、必死に走った。
　夜だし酔っぱらってるし、どこをどう走ったのかわからない。
　近くのコンビニのトイレに駆け込んだ。
　ドアを閉めて、ひとつ深呼吸する。
　でも震えは止まらない。
「どうしてこんなことに……」
　頭がグラグラして吐きそうになった。
　外ではあいつらが待ち構えてるかも……。

そう思ったら怖くて怖くて涙が出てきた。
　助けて……。
　誰か助けて……。
『わかった。もう榎本さんには関わんねぇから安心して』
　ふと思い出した桐谷くんの言葉……。
　でも……。
『はい？』
「き、桐谷くん……？」
　私は桐谷くんに電話をかけた。
『何？』
　少し無愛想な声。
　だよね……昨日、あんなこと言っちゃったのに。
「ごめん……ごめんね」
『は？　何？　聞こえない』
「助けて……ほしいんだけど」
　やばい、声が震えてる。
『……今どこ？』
「C駅近くのコンビニのトイレにいる……」
『わかった、そこ動くんじゃねーぞ』
「う、うん……ごめんね……」
『心配すんな』
　桐谷くんとの電話はそこで切れた。
　でもそのひと言が、どんなに私の気持ちを支えてくれただろうか。
　昨日ひどいこと言っちゃったのに……。

桐谷くんは私を見捨てないでくれた。

しばらくして、誰かがトイレのドアをノックした。
「榎本さん……？　俺だけど」
　桐谷くんの声……。
「桐谷くんっ」
　ドアを開けると、そこには息を切らした桐谷くんがいた。
　その姿を見て、私は一気に力が抜ける。
　汚いのに床にペタンと座り込んでしまった。
「おい!?　大丈夫か？」
「う、うん……」
　安心したら、酔いが回ってきて気持ち悪くなってきた。
「あの……外に変な人たちは……」
「いねぇから心配すんな、それより……酒臭いんだけど飲まされた？」
　コクンと頷くと、はぁーっとため息が聞こえた。
「……だから言ったじゃん、行くなって」
「ご……ごめん……」
　本当に申し訳ないと思っている。
　桐谷くんのこと信じればよかった。
　ちゃんと謝りたいけど、今は頭がグラグラしてるし、気持ち悪さが増してきた。
「は、吐きそう……」
「マジ!?」
　桐谷くんが私を抱えてくれた瞬間……。

——ああ。
イケメンの前で醜態(しゅうたい)をさらしてしまったよ。
もう明日から顔合わせられない。
　先輩のことも信じられなくなったし、いっそ転校しようかな……。

　桐谷くんが後始末をしてくれた。
　もう本当に自分が情けないしかっこ悪いし、申し訳なさすぎて死にたい。
　コンビニの外にあるベンチに横になって涼んでいると、桐谷くんが水を買ってきてくれた。
「飲んどいた方がいーよ、結構吐いてたし」
「ごめんね……」
「それ聞きあきた」
　私の隣にどっかり座って、自分はカフェラテを飲んでいる。
「もうそれしか言いようがないんだもん」
　ふたりの間に沈黙が流れる。
　桐谷くん、呆れただろうな……。
　私のこと嫌いなのに余計嫌いになったんだろうな……。
「ぶっ」
　突然桐谷くんが吹き出した。
「トイレ開けたときの榎本さんの顔……マジでうけたわ！写メっとけばよかったー」
　思い出したのか、大笑いしている。

「なっ!!　だって怖かったんだもんっ」

　この人は……また私をバカにしてっ!!

　急に起き上がったらクラァーッとまた酔いが回った。

　あー……まだ気持ち悪い……。

「寄りかかっとけば？」

　桐谷くんは笑いながら、私の頭を抱えて自分の方に引き寄せた。

　桐谷くんの肩に頭が寄りかかる形になる。

　これは一体……。

　予想外の展開に、固まってしまう。

「楽になるまで特別に肩貸してやるよ」

　上から目線がやっぱりムカつくけど、すごい楽になった。

　真横になってるより、この方がずっといい。

　でも……。

　斜め上には桐谷くんの顔があって。

　彼の呼吸をすぐそばで感じる。

　心臓が飛び出そう……。

「緊張すんなよ」

「し、してないよ!?」

「してんだろ、体震えてるし」

　そう指摘されて恥ずかしくなり、何も言えなくなった。

　なんだか桐谷くんには敵(かな)わないような気がする。

　しばらくして、私はそのままウトウトと眠りについたらしく……。

次に目が覚めたときには、隣で桐谷くんも眠っていた。
　まつげが長いし鼻筋も通っている。
　間近で見るとそれがよくわかる。
　本当に綺麗な顔してるな……。
　こんな人の肩に寄りかかって寝てしまっていたなんて。
　何気なくスマホを見て、私は青ざめた。
　時刻は深夜1時。
　自宅からは沢山の着歴。
「き、き、桐谷くんっっっっっ!!」
　桐谷くんの両肩を掴んで、思いっきり前後に振った。
「いってぇっ……!!」
　首を押さえながら顔をしかめている。
「や、やばいよやばいよ!!」
「うるせぇな、お前は……」
「もう1時なんだけど!!」
　私のスマホの画面を桐谷くんに見せた。
「マジで……」
「終電……とっくに過ぎてる」
　駅の方を見ると人通りはなくて、暗くなっている。
　ここから自宅までは結構な距離があって、タクシーではいくらかかるかわからない。
　桐谷くんは自分の財布の中身を確認していた。
「タクろうかと思ったけど、榎本さんちまでは無理そうだな……」
「や、やっぱり……?　私も2千円しかない」

今日は先輩にほとんどおごってもらったはずなのに、これしか持ってこなかった自分に腹が立つ。
　どうしよう……野宿とか!?
「俺んちまでは交渉すりゃ行けっかも」
「えっ……じゃあ帰っていいよ、私はこの辺で寝床を……」
　ごんっと結構強めに頭を叩かれた。
　私、一応女なんですけど。
「バカか。俺が助けにきた意味ねぇじゃん」
　そう言ってすくっと立ち上がった。
「榎本さんもうちに来れば？」
「えっ!?」
「こんなとこで寝るよりマシだろ」
「そ、そうだけど……」
　頭が大混乱でパンクしそう。
　桐谷くんの家に泊まるってこと!?
　予想外すぎて困る！
「でも家族の人に迷惑じゃ……」
「寝てるから大丈夫。ゴタゴタ言ってないで行くぞ、俺めっちゃねみぃし……早く帰って寝てぇ」
　大きなあくびをしながら歩きだした。
　本当にいいんだろうか……。
　さっきのことがあったのに、また男の人の家に行って……しかも泊まりで……。
　色んなことを頭の中で考えたけど、ここにいるよりもマシだし、それに桐谷くんが私なんかをどうこうするはずな

い。という結論に達した。

　タクシーはすんなり捕まって、桐谷くんちまでは20分くらいで着いた。
　閑静な住宅街の中にあって、タクシーから降りると周りがシーンと静まり返っていた。
　桐谷くんの家ってでかい……。
　家族の人たち寝てるのに勝手に入っていいのかな……。
　着歴の嵐だったから、自分の母親には友達んちに泊まると連絡しておいた。
　男の子の家に泊まるなんて、口が裂けても言いたくない。
　家の中に入ると真っ暗になっていて、家族の人たちは寝ているようだった。
「お、お邪魔します……」
　一応小声で言ってみる。
　それを聞いていた桐谷くんが、ぷっと笑っていた。
「俺の部屋２階だから」
　桐谷くんの部屋は綺麗に片付けられていて、想像していた男の子の汚い部屋ではなかった。
「突っ立ってないで座れば？」
　そう言われ、とりあえずその場にバッグを置いた。
「あー疲れた。ねみぃ……」
　桐谷くんはベッドにバタンと横たわる。
　その姿を見て、なぜかドキドキが増していく。
　正座して部屋をぐるりと見渡した。

音楽が好きなのか、大きなステレオの横には沢山のCDが置いてある。
　見覚えのあるジャケットの洋楽CD。私が好きなロックバンドのものだ。
　その横の本棚には洋書やドイツ語の辞書まで置いてある。勉強できる人は違うなー。
「榎本さーん」
「は、はい!?」
　突然名前を呼ばれてドキッとした。
　桐谷くんの方を見ると、手招きしている。
「え？　何……？」
「寝よーよ」
「ね、寝る!?　もう!?」
「もうって……2時過ぎてんじゃん……」
　よほど眠いのか、目をつむったまま言っている。
　変な意識をしてるのは私だけかも。
「ベッドひとつしかねぇから……一緒でいーよね？　榎本さん奥行って」
　そう言って枕を壁際にずらした。
「えええ!?　わ、悪いよ!!　私は床で大丈夫!!」
　家に来ただけでも大事件なのに、一緒に寝るなんて無理に決まっている。
「床なんてありえねーじゃん、かといって俺も床で寝んのやだし」
「大丈夫!!　私床好きだからっっ!!」

意味がわからないことを言ってみる。
「あぁ〜めんどくせぇ」
　桐谷くんは私の手首を引っ張って、ベッドに押し倒した。
　体が硬直する。
「それ以上グダグダ言うとやっちまうぞ」
　上から見下ろされた目が真剣すぎて、私は何も言えなくなった。
「わかった？」
　コクコクと首振り人形のように頷く私を見て、桐谷くんは鼻で笑った。
「んじゃ、おやすみ〜」
　パチンと電気を消されて、私たちは同じベッドに入った。
　体の左半分がなんだかビリビリしてるんですけど……。
　桐谷くんは私に背を向けている。
　だけどシングルベッドだから狭くて少し動いただけで触れてしまう。
　身動きがとれないし苦しい。
　これならマジで床に寝た方がマシなような……。
　あんなに眠たそうにしてたのに、しばらく経っても桐谷くんは眠れない様子。
「あの……桐谷くん？」
「……ん？」
「寝ないの…？」
「……」
　あ、寝そうなのかな……。

そっとしておこうと思ったら、くるりとこちらを向いた。
　突然顔が近くなって体が固まる。
「寝れねぇんだよ……榎本さんのせいで」
「私のせい!?　あ、狭いもんね……やっぱり床で……」
「違くて。俺だって男だからさ」
　真顔で私を見つめている。
　こんなとき、どんな言葉を言ったらいいのかわからない。
「さっきは究極に眠くてソッコー爆睡できるかと思ったけど……いざ榎本さんがベッドに入ったら無理だったわ」
「えええ!?」
「なんか胸当たるし」
「ちょ、ちょっと待ってよっ……桐谷くん私のこと嫌いなんだよね!?」
「……嫌いだなんて言ったっけ？」
「言ったじゃん!!　地味な女は嫌いだって……」
　少し考えてから「あー……」とつぶやいた。
「地味な女は嫌いだけど、別に榎本さんのことは嫌いじゃねぇよ」
「は？」
「嫌いな女のためにわざわざ助けになんか行くはずねぇだろ……」
　そう言って、桐谷くんはベッドから降りて床に寝そべった。
「あ、あのっ私が床で寝るよ！」
「いーから。気にすんな」

桐谷くんは背を向けて寝てしまった。
　床硬そう……。
「桐谷くん……ごめんね?」
「だから聞きあきたって」
「あと……ありがとう」
　ずっとごめんねしか言えてなかったから……。
　やっとこの言葉を口にすることができた。
　すると、「おう」とひと言だけ返ってきた。
　心が温かくなる。
『別に榎本さんのことは嫌いじゃねぇよ』
　さっきの言葉が頭から離れなくて、自然と口元が緩んでしまう。
　私のこと、嫌いじゃなかったんだ……。
　なんだかすごく嬉しい気持ちで眠りについた。
　桐谷くんのベッドはとても温かくてふわふわで。
　とてもいい夢が見られた気がする。

　目が覚めると、カーテンの間から朝日が漏れていた。
　昨日桐谷くんちに泊まったんだよね。
　いまだに信じられない。
　ふと横を見ると、桐谷くんが隣で寝ていた。
　あれ……床で寝てたんじゃ!?
　縮こまって布団の中にもぐっている。
　その姿がなんか可愛くて、思わず笑ってしまった。
　だって……いつも私に対して上から目線で俺様な人が、

今は小さく丸まってるんだもん。
「桐谷くん、朝だよー？」
　小声で言ってみたけど、起きそうもない。
　よっぽど疲れてるんだろうな……。
　昨日遅かったし。
　下ではガタガタと音が聞こえてきた。
　きっと桐谷くんの家族が起きてるんだと思う。
　昨夜は遅かったから挨拶できなかったけど、ちゃんとしといた方がいーよね……。
　そっとベッドから出ようとした瞬間、手を引っ張られベッドの中に戻された。
　桐谷くんに後ろから抱きしめられる形になり、心臓が止まりそうになった。
「き、桐谷く……」
「あかり……」
「え？」
　寝言……？
　今あかりって言ったよね……。
　朱里先輩のこと……？
　ドクンと大きく鼓動を感じる。
　そしてぎゅっと、胸が締めつけられた。
　なんなのこれ……。
　桐谷くんは全然起きなくて、私はベッドから出た。
　私のこと、朱里先輩だと間違ったんだよね……。
　やっぱりふたりって前に付き合ってたりしてたのかな？

ささっと髪を直し、私は桐谷くんの部屋を出た。

　１階のリビングでは話し声が聞こえてくる。
　そっとドアを開けると、キッチンには桐谷くんのママさんらしき人と、妹っぽい女の子が並んで立っていた。
「あのっ朝早くからすみませんっ」
　私の声にふたりがこちらを向く。
「昨夜遅くにお邪魔してました……ご挨拶が遅くなって申し訳ありません!!　終電がなくなったので泊まらせていただきました!!」
　頭を下げると、ママさんがクスッと笑った。
「あらーっそうだったのー？　気づかなかった!!　お名前は？」
「榎本彩ですッ」
「彩ちゃんか〜朝ご飯食べてくよね？」
「えっ……そんなっお気遣いなく!!」
「いーのいーのっ気にしないで？」
　ママさんは、すごく優しそうな人だった。
　笑顔が可愛くて、このママさんからあの腹黒息子が生まれてきたなんて信じられない。
「唯、ご飯できたからお兄ちゃん起こしてきて？」
「はーい」
　隣にいた女の子はやっぱり妹だったらしく、唯と呼ばれていた。
　妹も顔整ってて可愛いなぁ……。

私にニコニコしてくれるし、いい子そう。
　ガチャッとリビングが開き振り返ると、桐谷くんとそっくりな人が入ってきた。
　驚いて二度見してしまった。
　一瞬桐谷くんかと思ったけど、ちょっと違う……。
　でもすごいかっこいい。
　たぶん……パパさんだよね!?
　優奈さんがこの前、桐谷くんとパパさんは瓜ふたつだって言ってたし……。
「お、おはようございますっ……あの……」
　チラッと私と目が合うと、会釈された。
「蒼空のお友達なんだって！　可愛いよね～」
　ママさんが説明してくれてほっとした。
　かっこいいけど、なんだかちょっと話しかけづらかったから。
　桐谷くんがたまに見せる無愛想なときとそっくり。
「へぇ。ごゆっくり」
　パパさんは私の目を見てそう言うと、ニコリと笑った。
　笑ってくれた……！　かっこいい……。
　パパさんなのに胸きゅんしちゃったよ!!
　まもなくして、唯ちゃんと桐谷くんが下りてきた。
　桐谷くんはものすごく眠そうな顔をしている。
　目が半開き……。
　昨日遅かったもんね……私のせいで。
「榎本さんどこ行ったのかと思ったら……ここにいたんだ」

「うん……勝手に部屋出ちゃってごめんね」
「別にいいけど……」
「さっ！ ご飯できたから食べよ？」
　ママさんが私の背中を押してダイニングテーブルの椅子に座らせてくれた。
　食事中はちょっと緊張したけど、ママさんも唯ちゃんも話しかけてくれて、楽しく過ごせた。
　桐谷くんの家族って温かくていいな……。
　みんな仲良さそうだし、素敵。
「それにしても、お兄ちゃんが女の子連れてくるって珍しいよね？」
「そうね〜あまりないよね」
　ふたりの会話に耳を疑った。
　こんなに遊んでる人が、女の子をあまり連れてきたことないって!?
　桐谷くんを見ると、一瞬目が合ってすぐ逸らされた。
　ってことは、家族は桐谷くんの女関係のことは全く知らないのかな……。

「彩ちゃんって真面目でしっかりしてそうだよね？」
「え……そうでもないです」
「だって最初の挨拶、すごく堅かったもん」
　ママさんがクスクス笑っていた。
「榎本さんはちょー真面目だよ、当番の掃除もサボったりしねーし、授業中も一切寝てねぇし」

桐谷くんが笑いながらそう言った。
　授業中って……。
　私のこと見てたの!?
「そうなんだ偉いねぇ!?　私なんて寝てばっかだったよぉ!」
「だから母ちゃんはバカなんじゃん」
「もぉっうるさいなぁ〜」
　ママさんとのやりとりが面白くてつい笑ってしまう。
　桐谷くんの毒舌も愛情表現のひとつなのかな……。
　すごく微笑ましく感じる。
「でもさ、今時なかなかいなくない?　挨拶もしっかりできてたし、いい子だなぁって思ったよ」
　ママさんが誉めてくれて、嬉しくなる。
「うん。いい子でしょ?」
　何気なくさらっと言った桐谷くんの言葉にドキッと胸が高鳴った。
　いい子って思ってくれてたんだ……。
　なんだかドキドキしてきて、熱くなる。
　そしてきゅんとしてきて……。
　これって……もしかして……。
　や、やだ……。
　嘘でしょ!?
　私、桐谷くんのこと……!?
　朝ご飯を食べ終わると、唯ちゃんは部活のため学校に行ってしまった。

中学生だけど、ちゃんとオシャレしてて可愛い。
　モテるんだろうな……。
　さすが桐谷くんの妹って感じ。
　ママさんは食後にハーブティを入れてくれた。
「蒼空、彩ちゃんのこと送ってってあげなさいよ？」
「あっ大丈夫です！　ひとりで帰れますからっ」
「ダメだよ〜どうせこの子暇してるんだから！」
　するとソファで横になっていた桐谷くんがむくりと起き上がった。
「暇じゃねえし。今日バイトだから」
　バイトしてることは初耳だった。
「桐谷くん、なんのバイトしてるの？」
「ファミレス。結構時給いんだよね〜」
「そうだったんだ……」
　桐谷くんのウェイター姿を想像してしまう。
　きっと女のお客さんに人気なんだろうな。
「バイト午後からだからその前に送ってやるよ」
「え!!　い、いいよっ」
「彩ちゃん、遠慮することないからね？」
　横でママさんに言われ、私は頷いた。
　嬉しいけど……なんかさっきから桐谷くんのこと意識しちゃってダメなんだよね……。
　顔に出てないか不安。
　昼前に桐谷くんちを出た私たちは、一緒に電車に乗り込んだ。

休日の電車は家族連れやカップルで混み合っている。
　私たちはなんとかドアの前に立つことができた。
　横にいる桐谷くんは、車窓から外を眺めている。
　昨日も思ったけど、私服の桐谷くんって大人っぽい。
　この人は何を着ても似合うんだな……。
「そーいえばさ」
「え!?」
　突然こっちを向いたから驚いた。
　桐谷くんのこと見てたのバレてないよね!?
「この前は言いすぎた」
　え……。
　この前って……。
　私がショック受けて教室出てったときのこと？
　この人が謝ることなんてあるの!?
「ううん……大丈夫」
「あの日、周りからなんか言われたりした？」
「うん……朝から女の子たちに色々言われたよ」
「やっぱりな……」
　桐谷くんは、ため息をつく。
「うぜぇんだよ、１回遊んだくらいで」
　ボソボソと独り言のように言う。
　もしかして……桐谷くんは私を守ってくれたとか？
　周りから言われないように、わざとあんな言い方で否定してくれたのかな？
　なんて、都合いいように考えたらダメかな……？

どうしよう、そうだったらすごく嬉しいんだけど。
　って、やっぱりこれって好きになってるよね……。
　とんでもない人を好きになってしまった自分にため息が出たけど、この気持ちは誰にも変えられない。
　桐谷くんへの思いに気づいてから、そばにいるだけで変にそわそわしてしまう。
　この人は特定の人作らないらしいし……。
　見込みは限りなくゼロに近いだろうから、この気持ちは封印しておくことにした。
「私こそ……一昨日はひどいこと言っちゃってごめんね？」
「あ～颯太くんの方が優しいし女遊びもしないし……だっけ？」
「ご、ごめんなさいっ。ついムキになって言っちゃって……」
「結構傷ついた」
　え……そうなんだ……。
　なんでムカついたからってあんなこと言っちゃったんだろう……。
　落ち込んでいると、笑われた。
「榎本さんってさ、大人しく見えて結構ズバリと言うよね。そーいうとこ嫌いじゃないけど」
「えっ!!」
　そのとき、駅に着いて人が沢山乗り込んできた。
　立っていた私たちは奥の方へと押しやられる。
　そして桐谷くんとの距離もすごく近くなった。
　顔を上げたらすぐに桐谷くんの顔があるから、俯くしか

ない。
「近いね」
「う、うん……」
「照れんなよ、昨日同じベッドで寝た仲なのに」
「そ、そんな風に言わないでよっ……」
　誰が聞いてるかわからないのに……!!
「そーいや、可愛かったな。榎本さんの寝顔」
「ええ!?　寝顔……見たの!?」
　私の方が先に起きたのに……いつの間に見てたんだろ!?
　それに……今可愛いって言った!?
「うん。パグみたいで可愛かった」
「ブッ!　パグって……」
　やっぱそのオチですか……。
　桐谷くんの服からは、桐谷くんの部屋の香りがした。
　この香り、すごく落ち着くかも。
　桐谷くんはさりげなく私が周りから潰されないようにしてくれてるみたい。
　前まではイライラしてたりして気づかなかったけど、思えばいつもこーいう体勢だったかも……。
　私が苦しくならないようにしてくれてたのかな。
　そう思ったら余計ドキドキしてきて、胸がきゅんとしてしまった。
　やっぱり、桐谷くんのことが好きなんだと確信した。

Part♡2

彼からピアスもらいました。

　あれ以来、颯太先輩からは何も連絡がない。
　もしあのとき桐谷くんが来てくれなかったらって想像しただけでも怖くなる。
「彩ちゃんおはよーっ」
　生徒玄関で渉くんと……。
　その横には桐谷くんもいた。
　変に意識してしまって挙動不審になる。
「お、おはよっ」
「んー。前も可愛かったけど、やっぱり今の彩ちゃんの方が表情も明るくていいね？」
　渉くんが近寄ってきて、じーっと私の顔を見つめる。
　ち、近いな……。
「そう……かな!?」
「うん。その髪の色も似合ってるよ」
「ありがとうっ」
　渉くんって細かいとこよく見てるし、すぐに気づいてくれるよね。
　そしてちゃんと誉めてくれるから嬉しい。
「渉、それ以上言うと榎本さん付け上がるじゃん」
　桐谷くんが渉くんの後ろから腕を回して首をしめていた。
　渉くんが私から離れていく。

「だって本当のことじゃん！　ってか首苦しい！　何本気出しちゃってんの!?」
「あ、わりぃ」
「蒼空は力強いんだよっ……」
　渉くんはゲホゲホと咳き込んだ。
　桐谷くんが普通に接してくれてることが嬉しい。
　この前みたいにまた突然冷たい態度取られたらショックだし。
　3人で教室に入ろうとしたとき、後ろから大声で名前を呼ばれた。
　振り返るとそこには見たことがない男子生徒がいた。
　茶髪で制服をだらしなく着こなしていて、見るからに不良っぽい。
「あんたが榎本彩？」
「そ、そうですけど……」
「颯太が呼んでるからちょっと来てくんねぇ？」
「え!?」
　上履きを見ると3年生だった。
　この人確か颯太先輩の友達だ……。
「何？」
　そのとき、桐谷くんが私とその3年生の間に入ってくれた。
「あれ、お前確か桐谷ってやつじゃ……」
「そーだけど。颯太くんが榎本さんになんの用？」
「お前に関係ねぇだろ、俺はただこいつ連れてこいって言

われただけだし」
　桐谷くんが振り返って私を見た。
「行かなくていーから」
　そう言って私の手をとって教室の中に入ろうとした。
「おい！　ちょっと待てよ！　俺はこの女に言ってんだよ！」
　その３年生が桐谷くんの肩を掴んだ。
　ふたりの間に異様な空気が流れ、今にも殴り合いそう。
　渉くんもその３年生のことを威嚇(いかく)してるっぽいし。
　周りの生徒たちも何事かと注目している。
「き、桐谷くん！　大丈夫だからっ！　私先輩に会ってくる！」
「大丈夫じゃねーだろ、この前どんな目に遭わされたか忘れたのかよ」
「うん……でも私も話したいことあったし……」
　あれから先輩と話してなくて、モヤモヤしていた。
　どうしてあの日何も言わず帰っちゃったのか、理由が知りたかった。
「……じゃあ俺も行くわ」
「いい！　ひとりで行けるからっ」
　これ以上桐谷くんに迷惑かけられないし。
　腑に落ちない顔をしている桐谷くんを置いて、私は急ぎ足で先輩の元へと向かった。
　颯太先輩に前みたいなトキメキは一切なくなっていた。
　その代わり、変なドキドキ感がある。

そう、恐怖心だけだった。
　先輩の友達の後をついて裏庭にいくと、そこには颯太先輩の他に数人の先輩たちがいた。
　怖くなってきたけど、後には引き返せない。
　よく見ると、煙草を吸ってる先輩もいて……。
　この前あのアパートで嗅いだ煙草の香りを思い出して気持ち悪くなった。
　颯太先輩は数人いる先輩たちの真ん中でしゃがんでいて、私の存在に気づくとこっちを見て手招きした。
「彩ちゃんごめんねー？　突然呼び出して」
「い、いえ……」
「一昨日のこと謝りたくてさぁ……実はあの日家から急用の連絡あって急いで帰ったんだよね、だから彩ちゃんに何も言わずに帰っちゃって悪かったなって思って」
　なんだ……。
　やっぱりそういうことだったのか。
　少しほっとして、胸を撫で下ろしたのも束の間。
「でもさぁ……彩ちゃんあの日冬弥さんに何しでかしたの？」
「え？」
「めっちゃ怒ってたよ？　何もしてないのにビン投げつけられて、逃げてったって言われたんだけど」
「あ……それは……」
「俺すげぇ責められてさぁ……だから今日今から連れてこいって言われてんのね？」

「え……？」
　頭が真っ白になった。
　今から連れてこいって……私を？
「彩ちゃん連れてかないと俺ヤられるからさー」
　周りの先輩たちも「カンカンに怒ってたよなぁ」と笑いながら言っている。
「あ、あの……私……」
　ドクドクと鳴り続ける心臓の音。
　怖くて足が震えていた。
「近くにバイク停めてあっから今からこいつと行ってくんねー？」
　そう言って先輩が友達にバイクの鍵を投げ渡した。
「俺かよー!?　やだよ、俺もボコられるの」
　鍵を受け取った先輩が笑いながら言う。
　踵を返して逃げようと思っても体が動かなかった。
「先輩……私行きたくないですっ」
　その言葉に颯太先輩は鼻で笑っていた。
「行かないっていう選択肢はないよ。ビン投げつけた上に逃げた彩ちゃんが悪いんじゃん」
「そんな……」
「彩ちゃんさ、なんか勘違いしてる？」
　立ち上がり、先輩が私に近寄ってきた。
「俺があんたに気があるとでも思ってた？」
「え……？」
「誰が地味な女相手にするかよ。最初から冬弥さんに売る

つもりで遊んでやってたんだからな」
　鈍器で頭を殴られたような……。
　ショックで言葉が出なかった。
　周りの先輩たちが「颯太ひでぇ〜」とゲラゲラ笑っているのが聞こえる。
「それに俺、女いるし。あんたに興味なんてねぇよ」
　そんな……。
　先輩が今まで言ってくれた言葉や笑顔は嘘だったってこと……？
　全部、偽りだったの？
　涙がにじんで前が見えなくなった。
「早く連れてってくれる？　冬弥さんから煽りメール来てんだけど」
「颯太〜金入ったら半分寄越せよ」
「わかってるって」
　そのとき突然、隣にいた先輩の友達がドサッと倒れた。
　そして私の横には桐谷くんが立っていて。
　どーやら、先輩の友達を蹴り倒したらしい。
「桐谷くん！　どうして!?」
「榎本さん……全然大丈夫じゃねーじゃん」
　呼吸を乱しながら笑っている。
　桐谷くんが……また来てくれた！
「蒼空！　てめぇ……」
「颯太くん、相変わらずゲスなことやってるね？」
「お前……いつも邪魔なんだよっ！」

颯太先輩が桐谷くんに殴りかかったが、それをうまく交わして腕を押さえた。
「相変わらず弱いな」
　フッと鼻で笑った桐谷くんが力を強めると先輩が「いて——っ」と叫んだ。
　周りの先輩たちも桐谷くんにかかっていくのかと思い警戒していたのに誰もそんな雰囲気ではなく、逆になぜかオドオドとしているようだった。
な、なんでだろう……。
「もう榎本さんに関わんないって約束できんの？」
「わ、わかった！　約束すっから離せよ!!」
　颯太先輩はものすごく痛そうにしている。
　桐谷くんは掴んでいた先輩の腕を、更に強く引っ張った。
「こいつ泣かせていいのは俺だけだから」
　先輩の耳元でそう言ったのを、私は聞いてしまった。
　そしてこんな状況なのにときめいてしまうなんて私ってバカ……。
　桐谷くんが乱暴に手を離すと、颯太先輩は地面にしりもちついて痛そうに腕を押さえていた。
「榎本さん、行こ」
「う、うん……」
　振り返ると颯太先輩がこっちを睨んでいて身震いした。
　まさか颯太先輩がこんなことする人だったなんて……。
　全然気づかなかった。
　この前のことも仕組まれたことだったんだ。

「これでわかったっしょ？　颯太くんがどーいうやつかって」
「うん……」
「それでもまだ好きなの？」
「ううん。好きっていうか……ショックだったの。あんなに優しくしてくれてたのにって思って……」

　騙されてたのも知らずに浮かれていたなんて、バカみたい。
　でも……。
　ずっと憧れてた先輩に話しかけられて、笑いかけられて、すごく嬉しかったんだ。
　夢みたいだった。
　やばい、なんか泣けてきちゃう。
　そのとき、桐谷くんの足が突然止まった。
「ちょっと休んでく？」
　そう言って指差した先は、誰もいない視聴覚室。
「でももう授業始まる……」
「いーじゃん別に」
　確かに半べそかいてる顔で、教室に戻りたくないけど……。
　私たちは視聴覚室の中に入り、廊下から見えないところに座った。
「ごめんね……なんか付き合ってもらっちゃって」
「別に？　どーせ授業出ても寝るだけだし」
「桐谷くんっていつも寝てるよね!?　それで学年トップっ

てどーいうこと!?」
「頭の作りが違うんじゃねーの?」
　ククッと笑いながらこっちを見ている。
「私なんて真面目に授業聞いてるのに……」
　そういえば、この前桐谷くんの家で桐谷くんが言ってたな……。
『榎本さんは授業中も一切寝てねぇし』
　私のこといつも見てたってことなの……?
「でもさー、やっぱあんくらいじゃ足りねぇな」
「え?」
「颯太くん、一発殴っときゃよかった」
「だ、ダメだよ!　さっきのでもう十分じゃん!!」
　殴り合いとか怖いし!
　ああいうところは心臓に悪くて見てられない。
「あのさ……桐谷くんと颯太先輩って何かあったの?　なんかふたりとも仲悪そうだから……」
　おそるおそる聞いてみると、桐谷くんはすくっと立ち上がり、窓の方へ行ってしまった。
　やっぱり聞いちゃダメだったのかな……。
「俺と颯太くん、高校入ってすぐの頃は仲良かったんだよね。学年違うけどしょっちゅー遊んでたし」
「そうだったんだ!」
「その頃、俺も付き合ってた女がいて」
　ドキッとした。
　それって……朱里さんのこと?

「颯太くんもそれ知ってたはずだったんだけど……その女取られてさ」
　桐谷くんは笑っていたけど、その笑顔はいつもの桐谷くんと違くて。
「その人って……朱里さん？」
「知ってんの？」
「颯太先輩といつも一緒にいるから……」
「そう。朱里……それからあいつらずっと付き合ってんだよね。俺、どーしても颯太くんのこと許せなくてさ」
「そりゃそうだよ……でも桐谷くん、朱里さんとは本気で付き合ってたんだ？」
「俺も純情な頃があったから〜」
　ふざけた様子で言ってるけど、桐谷くんだってそのときは相当傷ついたはず。
「朱里さんもひどい……」
「朱里も、榎本さんみたいに地味〜な女だったよ」
「え!?」
　今はすごく綺麗でオシャレな人なのに、信じられない。
「大人しくてさ。男の一歩後ろを歩くような、そんな女だった」
「意外に古風な女性が好きなんだね」
「意外にってなんだよ。俺と付き合うよーになって、あいつもだんだんシャレてきてさ……だから榎本さん見てると朱里とかぶってイラついたりしてたんだよね」
「そ、そんな!!　勝手にイラつかないでよ」

「だから俺、地味な女が嫌いでさ。朱里思い出すから」
　ハハッと軽く笑ったあと、窓の外の景色を眺めた。
「あいつら同じクラスだったんだけど、いつの間にかデキてたらしーんだよね〜俺の知らないとこでさ」
「颯太先輩ひどい……桐谷くんと仲良かったのにどうして……」
「もういんだけどね」
　そう言うけど、そんな感じ全くしないよ。
　今でも朱里さんのこと好きなんじゃないの？
　だってこの前の朝も私と朱里さんを間違えて……。
　思い出したら胸が痛くなった。
　やっぱり私、桐谷くんのことが好きなんだな……。
「そんな目で見んなよ。かわいそうとか思ってんの？　俺惨めじゃん」
「べ、別にそんなこと思ってないよ。桐谷くんのピアス綺麗だなって思って……」
　自分の思いを隠そうとそう言ったけど、よく見ると本当に小さくて綺麗なピアスをしている。
　桐谷くんは右にふたつ、左にひとつピアスがついていた。
「榎本さんも開ける？」
「え!!　無理無理怖いもん！」
「大丈夫だって。俺開けるのうまいし。ピアッサー教室にあるから」
「えええー!!」
　突然のことに動揺してしまう。

耳に穴を開けるなんて……想像しただけでも鳥肌たつ！
「いーじゃんイメチェンしたんだし、耳もやっちゃえば？」
「考えておきます……」
　私の顔を見て、桐谷くんは悪巧みをしてるような顔つきをした。
　本当にいじめっ子だなこの人は……。
　きっとまた私の反応を楽しんでいるに違いない。
　私たちは１時間そこでサボッて色々話をした。
　彼にとってはどーってことない１時間だったと思うけど、私にはとても大事な１時間だった。
　桐谷くんのおかげで先輩に対する気持ちもスッキリしたし、それに桐谷くんから色んな話を聞けてよかった。
　でも……。
『まだ朱里先輩のことは好き？』
　これだけはどうしても聞けなかったけど。

　１時間目の休み時間に教室に戻ると、翠に呼ばれた。
「ちょっとちょっと！　彩と蒼空どこ行ってたの!?」
　ふたりで教室に戻ったから、みんな変な目で見てきた。
　バラバラに戻ろうと言ったのに、桐谷くんが大丈夫なんて言うから……。
　全然大丈夫じゃなかったし。
「あ～えーっと……」
　言い訳が見つからずアタフタしてると、翠に笑われた。
「彩さぁ……蒼空のこと……好き？」

「え!?　なんっ……」
「顔に思いっきり書いてるし」
　思わず顔を手で覆う。
「ま、マジで?」
「またとんでもないやつ好きになったねー?」
「だよね……」
「まぁ……でも、うまくいきそーじゃない?」
「どーゆーこと?」
「蒼空も彩を意識してると思うんだよね」
「そ、そんなことないよ!!」
　桐谷くんの方を見ると、目が合った。
　今までは絶対目が合ったりしなかったのに……。
「いやいや……私にはわかる!　あいつ女好きだけどいーやつだから!!　頑張れ彩!」
　翠は親指を立ててにっこり笑った。
　女好きだけどいいやつ……。
　それもどうかと思うけど。
　好きになっちゃったからしょうがないよね……。

　放課後になり、翠と帰ろうとして思い出した。
　今週、週番だったんだ!!
　週番は、放課後に黒板の掃除と日誌を書かなくてはいけない。
　せっかく翠とケーキ食べ放題に行こうと思ってたのに……。

ケーキ食べて今日の嫌なこと忘れようと思ったのに!!
　私が謝ると、翠は『気にすんな〜』と言ってくれた。
「榎本さん今日週番？」
　後ろから桐谷くんの声がしてドキッとする。
　隣には渉くんもいた。
「そうなんだよね、すっかり忘れてて……」
　そう言うと、なぜか桐谷くんが私の机の上にカバンを置いて、椅子にドッカリと座った。
「あ……蒼空が一緒に手伝ってくれるんでしょ!?　じゃ、悪いけどうちらは先に帰るわ！　渉行くよ！」
「えぇー!?　ちょっとっ……」
　渉くんは無理やり翠に連れていかれた。
　帰り際、私と目が合った翠はニヤリと笑っていて……。
　そんなことされたら余計意識しちゃうよぉ〜!!

　桐谷くんは机に伏せている。
　手伝う気はなさそうだけど……。
　私はもくもくと黒板の掃除をしたり日誌を書いたりしていた。
　そのうちにクラスのみんなも帰ってしまい……。
　教室には桐谷くんと私だけになってしまった。
「き、桐谷くん？」
　声をかけるとむくりと顔を上げた。
　本当に寝ていたらしく、ぼーっとしている。
「あ……終わった？」

「うんっ……」
　まさか私のこと待っててくれたわけじゃ……ないよね？
　するとカバンから何かを取り出した。
「じゃーん」
「え……何それ」
「ピアッサーだけど。榎本さん見たこともねぇの!?」
「うん……」
「朝にピアス開けるって話してたじゃん？　だからやってあげよーかと思って」
　ピアッサーをカチャカチャしながら笑ってくる。
「私開けるだなんて言ってない!!　それにそのホチキスみたいなので開けるの!?」
「大丈夫だって！　一瞬だから」
「そんな……でも……」
　考えておきますって言って、うまく交わしたはずなのに！
「穴開けたらさ、これしとけば？」
　そう言って、私にキラリと光るシルバーのピアスを渡した。
「まだ未使用だから。俺が付けようと思って買っといたやつ」
「え！　いーよ!!　悪いし……」
「いーんだって。もう片方あるから。俺って両方同じピアスって付けないんだよね」
　そ、それって……。

つまり……。
　桐谷くんとお揃いのピアスになるってこと？
　それってすごいことなんじゃ……。
「どーする？　開けんの？」
　怖い……。
　ものすごく怖いけど…。
　このピアスがほしい。
「あ……開けてみようかな……」
「おーっし」
　桐谷くんが椅子に座り直した。
　私はその隣に椅子を寄せて座った。
　もう……ドキドキしまくりで冷や汗がすごい出てくる。
　お母さんお父さんごめんなさい……。
　榎本彩、大人になります！
　桐谷くんが私の髪の毛を耳にかけてくれた。
　指が耳に当たるだけでもドキッとしちゃう。
　恐怖と緊張と……桐谷くんが間近にいるってだけでパニックになりそう。
「榎本さんって……綺麗な耳してるね？」
「へ!?」
「こんな耳に開けるなんてもったいねぇけど……」
　桐谷くんが私を誉めた？
　空耳じゃないよね……。
「そ、そんなことないよ!?」
「いや、綺麗だし」

ふと目が合い、心臓が止まりそうになった。
　次の瞬間……。
　カシャンッ!!
　教室にその音が鳴り響いた。
　耳に違和感がある。なんか耳に注射されたような…。
「もう開けたの!?」
「うん。全然痛くないっしょ?」
「急だったからびっくりした!!」
「でしょ？　他のことに気を取られてる間にやっちゃえばいーかなーって」
　ニヤリと笑う桐谷くん。
　すべて計算されていた。
　それにまんまと引っかかる私。
　桐谷くんがそういう人だってこと、忘れていた。
　耳が綺麗だなんて言われて、浮かれてたのがバカみたい。
「でも……榎本さんの耳の形本当に綺麗だな」
　そんなことを言いながら優しく笑ってる。
　やめて……そんな風に笑わないで。
　どんどん好きになってしまうよ。

　しばらくして、桐谷くんがピアスを付けてくれた。
　ドキドキしながら鏡を覗き込む。
　男っぽいデザインだなと思ってたけど、実際付けてみるとそうでもない。
　意外に似合うかも！

初めてピアスを開けた。
　しかも好きな人からピアスをもらうことになるなんて。
「かっこいい……！　ありがとう桐谷くんっ」
　フッと隣を見ると、すぐそばに桐谷くんの顔があって。
　私は驚いてすぐに目を逸らした。
　少しはしゃぎすぎたかも……。
「俺もこれ付けよ」
　桐谷くんは自分の耳に、私とお揃いのピアスを付けた。
　なんだか……これって恋人同士みたいじゃない？
「どう？」
　そう言って私に耳を見せてきた。
　似合うに決まってる。
「い、いいんじゃないかな……でも同じピアスふたりで付けてたらまた周りから何か言われるよ!?」
「……別にいーんじゃね？」
「え？」
　ああ、前にもこんなことがあった。
　駅のホームで抱きつかれたとき。
　あのときは『俺が地味女となんか付き合うはずないってみんなわかってるし』
　って言われてムカついたんだっけ。
「そうだよね……うちらが付き合うわけないって、みんなわかってるか」
　笑いながら桐谷くんを見たら、あまりにも綺麗な目で見つめられていたから体が固まってしまった。

何……？
　なんでそんな目で……。
「……言わなきゃわかんねぇ？」
「……え？」
　目が離せなかった。
　まるで魔法にでもかかってしまったかのように体が動かない。
「榎本さんのこと、好きかも」
「へ？」
　ストレートすぎて思わず出てしまった言葉。
『へ？』はさすがにないかも。
「う、嘘でしょ!?　桐谷くん、また冗談……」
「冗談じゃねぇから」
　いつもの桐谷くんじゃない……。
「最初榎本さんが朱里に似ててムカついてたんだけど……ふたりは違うよな。当たり前だけど性格も顔も」
「まさか……本当に？」
「てかさ、普通気づかねー？　気がない女を何回も助けねぇし、ピアスだってやんねぇよ」
　そんなそんなそんな……。
　頭の中パニックすぎて爆発しそう。
「私なんかのどこがいいの？」
「んー真面目なとこ？」
「え!!　そこ!?」
　私はただ必死にやってるだけで、真面目なつもりはない

んだけど……。
　桐谷くん、ふざけてるのかと思ったけど……この顔は違うっぽい。
「あのさ。俺のこと疑ってるんでしょ？」
「あ、当たり前だよ！　私騙されやすいしっ……」
「すぐ人を信じるとこも嫌いじゃねぇけどな」
　桐谷くんに肩を抱えられて強く抱きしめられた。
　耳が桐谷くんの胸にくっつく。
　桐谷くんの鼓動が早い……。
「これでわかった？　嘘じゃねぇって。一緒に寝たときだってなかなか寝れなかったんだけど」
　すぐ目の前には熱っぽい瞳をした桐谷くんが照れ臭そうにこちらを見ている。
　それがすごく可愛くて愛おしく思ってしまった。
「桐谷くん……女の人に慣れてるはずなのに信じられない」
「俺も信じらんねぇ。まさか榎本さんのこと好きになるとかって」
　横でハハッと笑っている。
　桐谷くんが私のことを好き？
　ドッキリじゃないよね……。
　でも抱きしめられてる力が弱くなることはなくて。
「返事は？」
「え……私は……」
　もちろん桐谷くんのことが好き。
　でも……。

「俺、一途だよ？」
　なんとも説得力のない。
「そんな疑いの目で見んなって」
「だって……」
　そしてスマホを取り出して、アドレス帳を開いて見せてきた。
　そこには沢山の女の子の名前があったけど、一気に削除された。
「これで信じた？」
　まさかここまでしてくるとは思わなかったから驚いた。
「うん……」
「榎本さんはどー思ってんの？」
　俯いていた私の顔を覗き込んでくる。
　こんなに近くにいると、好きって思いが溢れ出てしまう。
「私も……好きかも」
「マジで？」
　コクンと頷くと正面からぎゅーっと抱きしめられた。
「やっべー嬉しいわ」
　桐谷くんの香りでいっぱいになる。
　これ……夢じゃないよね？
　本当に桐谷くんに抱きしめられてるんだよね？
「絶対後悔させねーから」
「うん……」
　体が離れたと思ったら、今度は優しく両手で私の顔を包んできた。

「チューしていい?」
「そっそんなこと聞かないでよっ」
「いや、最初だから聞いた方がいいかなと思って」
　そんなこと言うから余計に緊張してしまう。
　桐谷くんの顔が近づいてきて、私は慌てて目を閉じた。
　初めてのキスは一瞬だったけど、優しくて温かかった。
　私……彼女になったんだ……。
「彩、緊張しすぎ」
「あ、彩!?」
「彩でしょ?　付き合ってんだから彩も下の名前で呼べよ」
　下の名前って……。
「蒼空……?」
　わー!!
　下の名前呼んだだけでも恥ずかしくて死にそう。
「照れんなって……俺も移んじゃん」
「うん……」
「彩さぁ……学校ではしばらくひとりで行動すんなよ?」
「え?　なんで?」
「颯太くん、また何しでかすかわかんねぇから」
「あ……うん」
　颯太先輩の名前を聞いて思い出した。
　今朝の颯太先輩のあの目……。
　冷酷な瞳が、怖かった。
　あの優しかった頃の先輩は、もうどこにもいない。
　私よりも、蒼空に何も害がないといいんだけど……。

あ、自然に蒼空って呼べてる。
「あと……他の女子から色々言われるかもしんねぇけど」
「うん。覚悟してる」
「なんかされたらすぐ言えよ?」
　蒼空がそんなこと言うなんて。
　今までじゃ考えられないことだった。
　彼女になると、こうも変わっちゃうのかな。
　あの腹黒さはどこへ行ってしまったんだろう。
「つーか、もうこんな時間じゃん」
　時計を見ると17時過ぎていた。
「本当だー！」
「帰るか」
　蒼空は立ち上がって自分のバッグと私のバッグを持った。
「えっいいよ!?」
「いーから」
　そう言って、私の手をとる。
　蒼空って意外に紳士的なんだな……。
　調子が狂う。
　いつもみたいにムカつくこと言ってきたり、バカにしてくれた方がいいかもなんて思ってしまう。
　でも繋いだ手が温かくて……。
　ぎゅっと握ってくれるのが嬉しかった。

　生徒玄関の近くで、松林先生に会った。

手を繋いでいるところを見られるのが恥ずかしくて手を離そうとしたのに、蒼空はなかなか離してくれなかった。
　それを見た先生が驚いた顔をしている。
「なんだお前ら……付き合ってたのか!?」
「はい」
　蒼空はいつも通り、感じよく答えた。
　他の人にはいつも愛想いいもんな……。
「意外だな……榎本がお前なんかと付き合うなんて」
　先生は低い声でそうつぶやく。
　え……?
　大抵の人は、"蒼空が私なんかと付き合うなんて"って思うはずなのに。
　それにいつも笑顔の先生が、今日はちょっと雰囲気がちがくて驚いた。
「そーですかね……?」
「ああ……驚いたよ」
　先生は真顔で私のことを見つめている。
　少し怖くなって俯いた。
　どうしたんだろう、先生……。
「じゃ、俺らもう帰るんで」
　蒼空は頭を下げると、足早に私の肩を抱えて生徒玄関を出た。

「クソが」
　蒼空がボソッとつぶやく。

「え!?　私!?」
「ちげぇし!　あいつだよ、松林!」
「ああ……なんかいつもの先生じゃなかったよね」
「意外に敵が多いな……」
「敵？」
「あいつも彩に気があんだよ」
「嘘でしょ!?」
　先生が……私なんかを……ありえない!
「思い当たることねぇの？」
「ないよ!　全然!!」
　そう言ってから思い出した。
　この前一緒に花壇の水やり手伝ってくれたり、帰りに送るってしつこかったり。
　でも……でも……。松林先生がまさか……。
「松林ともふたりっきりになんなよ」
「な、なんないよっ。それに先生が私なんかを好きなわけないもんっ」
「とにかく、ふたりっきりにはぜってぇーなんな。いいな!?」
　少し強めな口調で言われた。
　心配してくれるのは嬉しいけど、ムキになりすぎなんじゃないの……。

　蒼空は私の家までずっと手を握ったままで。
　一瞬たりとも離そうとしなかった。
　淡白な人だと思ってたのに、付き合ってみると結構束縛

したりするのかな……。
　よくわからない。
　蒼空は今まで色んな子と遊んできてたけど、付き合ってはなかったもんね。
　付き合ってたのは朱里さんだけ。
　そう、朱里さん。名前を思い出すだけでモヤッとする。
　もう朱里さんのことはなんとも思ってないんだろうか。

　夜、翠に蒼空と付き合ったことを電話で報告すると、すごく喜んでくれた。
　そして『やっぱり私の思った通り！』と言って、笑っていた。
　学校のみんな（特に女子）にバレるのも時間の問題だし、覚悟しとかなきゃな……。
　私が選んだ道だから。
　いつかみんなもわかってくれるよね。
　でもそれは私の浅はかな考えだったのかな。
　ただ蒼空のことを好きなだけなのに……。
　どうして試練ばかりがやってくるんだろう。

ドキドキしまくりです。

　翌日、私たちが付き合ってることは瞬く間に学校中に広がった。

　この前蒼空が否定したばっかだったから、信じない人もいっぱいいるみたいだけど……。

　廊下を歩けば、ジロジロと四方八方から見られているような気がする。

「彩、大丈夫？」

　そんな様子に気づいた翠が心配してくれた。

「うん、大丈夫。このくらい覚悟してたし！」

　蒼空の方を見ると、今まで通り友達と楽しそうに笑っている。

　でも変わったことがひとつだけある。

　それは、以前のように女の子とのスキンシップが減ったこと。

　てか、ほとんどなくなったに等しい。

　それは本当に嬉しかった。

「でもさ〜あいつももーちょっとみんなにフォローしてくれてもよくない？　あれじゃ今までと変わらないよね〜休み時間なのに彩のとこにも来ないし」

「うん……でもそれでいいんじゃないかな、学校でベタベタしてたら余計周りから非難されそうだし」

　せっかく付き合い始めたのに、今日しゃべったのは朝の

挨拶だけ。
　席が遠いから仕方ないんだけどさ……。
　少しだけ寂しいかも。
「榎本さん、水原さんが呼んでるよ」
　クラスの子に言われてドキッとした。
　水原さん、蒼空のこと好きなんだよね……。
　何を言われるか、だいたい想像がつく。
「え、水原さん？　彩になんの用!?」
「な、なんだろね!?　ちょっと行ってくる！」
　廊下に出ると、水原さんがお怒りモードで立っていた。
　やっぱり……怖いよーっ。
　私の顔を見ると、不機嫌そうに手招きした。
「ちょっとこっち来てよ」
　そう言って、教室から少し離れた廊下に移動した。
「あの……なんの用ですか」
「何の用じゃないでしょ!?　あの噂本当なの!?　蒼空と付き合ってるって……」
「はい……」
　水原さんが眉間にシワを寄せて近づいてきた。
「なんであんたなの!?　私の方があんたよりもずっと前から蒼空のそばにいたのに！　なんで私じゃなくてあんたが付き合ってんの!?」
　女子に壁ドンされるのは初めてだけど、全然嬉しくない。
「おいおいおい、美人が台なしだな」
　そのとき、松林先生の声がした。

水原さんは慌てて私から離れ、バツが悪そうな顔をしている。
「水原〜女の子がそんなことすんなよ」
「べ、別に私は何も！」
　そう言って足早に去っていってしまった。
　フッと肩の力が抜ける。
　水原さんの迫力に圧倒されて言葉が出なかった。
　めっちゃ怖かったな……。
「大丈夫か？」
「先生……ありがとうございました」
「たまたま通りかかってよかったよ。もしかして桐谷と付き合ってるのが原因？」
「……」
　松林先生はため息をついて私の肩に手を置いた。
　びくっと体が反応する。
「なんかあったらいつでも相談に乗るからな」
　いつもの笑顔でそう言ってくれた。
　私、何ビビッてるんだろう。
　先生は普段通りだし、何も怖がることなんかないのに。
　それより、先生がいなかったら水原さんに何されてたか……想像すると怖くなる。
「じゃ、もう授業始めるぞ！　教室入った入った！　今日は小テストもあるからな」
「ええー！　聞いてないですっ」
「言ってないからな」

アハハと豪快に笑っていた。
　いつもの松林先生だ。
　昨日少し変だったのは気のせい？
　だよね。
　蒼空が変なこと言うから……。
　松林先生が私を好きだなんてありえない話だもん。
　先生と教室に入ると、蒼空と目が合った。
　でもすぐに逸らされ、机に伏せてしまった。
　な、なんなのー！　感じ悪っ！
　これじゃ付き合う前と同じじゃん。
「はい、じゃあ今日は授業の後半に小テストするぞー」
　先生のその声に、クラス中が騒ぎだした。
「授業聞いてりゃ簡単な問題ばっかだから心配するな～」
　みんなブーブー文句を言ってる。
　私はテストのことなんかよりも、さっきの蒼空の態度が気になってしょーがない。
「ねぇねぇ彩ちゃん！　蒼空と付き合ってるって本当!?」
　そのとき、隣に座っていた渉くんが私の肘を突っついた。
「うん……今回は本当」
「マジでー!?　なんで急にそんな展開に!?」
「私もよくわからないんだけどさっ」
「まぁ……蒼空のキモチにはうすうす感づいてたけどね」
　渉くんが蒼空の方を見て笑っている。
「え!!　本当？　私全然気づかなかったよっ」
「こら榎本！」

先生が私の頭を小突いた。
　　や、やばいっ今授業中だった……。
「俺の授業でおしゃべりとはいいご身分だなぁ〜」
　　先生は他の先生みたいにあまり本気で怒ったりしないし、注意するときも和やかなムードになって笑いをとったりする。
　　生徒から人気があるのもわかる。
　　今も私の頭を両手でワシャワシャしながら笑っていて、クラスのみんなもそれを見て笑っていた。
「やめてくださいよっ!!」
「ちゃんと真面目に聞くかー？」
「聞きます聞きます！」
　　みんなの前なのに頭グシャグシャにされて恥ずかしい。
　　……ダンッ!!
　　突然、机を強く叩いた音が教室に響き渡った。
　　叩いたのは蒼空だった。
　　蒼空が俯きながら拳を机の上に置いている。
　　一瞬にして体が固まった。
　　クラスは一斉に静かになり、みんな蒼空に注目していた。
「くだんねぇことしてねぇで、早く授業再開してくれませんか？」
　　顔を上げた蒼空はかなり不機嫌だった。
　　眉間にシワを寄せ、先生を睨みつけている。
　　怖くて思わず目を逸らしてしまいたくなるくらい。
　　先生も驚いているようだった。

「悪かったな桐谷……」
　先生はそう言って教壇に戻った。
　蒼空……どうしてあんなこと……。
　あんな反感買うような目で……。
　蒼空らしくない。
　彼はいつも周りには笑顔で、頭もいいから先生たちからも評判がよくて。
　だからこんな蒼空は初めて見た。
　クラスのみんなも驚いている。
「じゃあ……ついでだから桐谷。この英文を訳せるか？」
　先生がコツコツと音をたてて黒板に書いた文章を見て、みんながざわつく。
　その問題はありえないくらいの難問だったから。
　高校生にこんな問題わかるの!?
　いくら蒼空が頭よくたって……。
　すると蒼空は立ち上がり、片方の口角を上げた。
　そしてスラスラとなんの迷いもなく答えていたけど、それが合っているのか私にはわからない。
　だけど先生は苦笑いしていた。
「さすがだな桐谷、こんな難題も簡単に解けるとは」
「じゃあ先生、逆に問題出していいですか？」
「え？　俺に……か？」
　みんながざわついた。
　蒼空、一体何考えてんの!?
　堂々と黒板に書いた文字は英語ではなくて……。

「これ、ドイツ語じゃん」
　渉くんがボソッとつぶやいた。
「え!?　ドイツ語!?」
　蒼空はサラサラと長文を書き上げると、先生の方を見た。
「わかりました？」
「い、いや……ていうか、お前これドイツ語だろ!?」
「そーですけど？　教師ならドイツ語くらい知ってると思ってました」
「わかるわけ……ないだろ」
「じゃ、あとで調べてみてください」
　蒼空は鼻で笑い、チョークを置くと席に戻った。
　先生の顔が、ひどく歪んでいる。
「ねぇ渉くん……あれなんて書いてあるかわかる？」
「うーん……俺もよくわかんないんだけどさ……蒼空があんな笑い方してるときって相当ムカついてるときだよ。松林先生となんかあったのかな……」
　確かに蒼空の笑顔は普通じゃなかった。
　裏があるような、ちょっと怖い気もした。
　もともと腹黒だったけど。
「じゃ、じゃあ……小テスト始めるからなっ」
　顔を赤くした先生がプリントを配り始めた。
　怒ってるっぽい。
　あまり先生を挑発しないでほしいのに……。
　テスト中に蒼空の方を見ると、また机に伏せて寝ていた。
　私はというと、テストどころじゃなくて半分白紙で出す

ことになった。
　ああ～！　もうっ全部蒼空のせいだぁー！
　休み時間、私は勇気を出して蒼空に声をかけた。
　周りにいた蒼空の友達が冷やかしてくる中、女の子たちからは冷たい視線が……。
「こんなとこに呼び出して……何？」
　人目のつかない場所……と思いついたのが視聴覚室だった。
　蒼空は不機嫌な顔をしたまま、窓辺に寄りかかる。
「さっきの……なんで先生にあんなことしたの？」
「ムカつくからに決まってんだろ」
「だからってあんなガキみたいなっ」
「ガキなのはあっちだから。俺に出した問題、大学入試レベルだかんな？」
「え!?」
「何考えてんのかしんねぇけど、あっちから吹っかけてきたんだから俺だって黙ってねぇよ」
　蒼空はまだイライラしてるっぽい。
「あのドイツ語の和訳って……」
「あぁ。お前に手出したらただじゃおかねぇって書いた」
「ええ!?　なんでそんなこと!?　先生は私のことそんな風に思ってないって！」
　するとハァ———ッと長いため息をつかれた。
「わかってねぇな……」
「な、何が!?」

「とにかく！　彩は俺のもんなんだから他のやつとベタベタしない！」

　蒼空の両手が、私の頬を覆った。

　温かくて、そして顔が近くなってドキドキする。

「ベタベタなんて……してないし」

　自分だって今まで散々他の女の子たちとベタベタしてたのに。

「してんだろ。松林と楽しそうに教室入ってきたくせに」

「楽しそうになんかしてないじゃん！　ただ……」

　突然蒼空の唇が私の口を塞ぎ、しゃべれなくなってしまった。

　こんなところで……誰かに見られたら……。

「うるさい。少し黙れよ」

「でもっ……んっ……」

　唇が離れたと思ったら、すぐにまたキスされた。

　恥ずかしいのに拒めないのは蒼空と離れたくないから。

　このまま時が止まればいーのに……なんて思ってしまう。

　蒼空の唇はそのまま私の頬を伝い、耳に辿り着いた。

　思わずびくっとしてしまう。

　それに気づいた蒼空が、フッと鼻で笑ったから恥ずかしくなってしまった。

「ピアス、似合ってんじゃん」

「そ、そう!?」

　耳たぶにキスを落とすと今度は首筋を蒼空の唇が這う。

私と蒼空は立ち位置が逆になり、私が窓辺に寄りかかる形になってしまった。
　ちょ、ちょっと……。
　これ以上はっ‼
　さりげなく手で蒼空の胸を押してみても、びくともしないし蒼空の行為はますますエスカレートしていくばかり。
「だ、ダメっ……」
「何が？」
「何がって……ここ、学校だしっ」
「いーじゃん別に？　俺は今したい」
　ええぇー‼
「何考えてんの⁉　もう鐘鳴るよ⁉」
「次出なくてもいーだろ」
「わ、私は出る―――っ‼！」
　ドシ―――ッン！
「いってぇ‼」
　思いっきり蒼空を突き飛ばしてしまった。
　私、こんなに力あるんだ！
「ぶっ。アハハハハ！」
　蒼空が床に横たわって笑っている。
「な、何……⁉」
「やっぱ真面目だねー？」
「だって！　ありえないでしょ！　学校でなんてっ」
「嘘々。するわけないじゃん」
　立ち上がって制服をはらった。

「嘘!?　そんな感じしなかった……」
「うん。冗談のつもりだったんだけど、チューしてたら歯止めがきかなくなって」
「ちょっと!!」
「ハハッ。突き飛ばされてなかったらやばかったわぁ〜」
　突き飛ばしてよかった……と、心から思った。
「でも俺が本気出したら彩の力じゃ抵抗できないだろうけどな」
「えっ……!?」
「彩さ、処女だよね？」
「そんな普通に言わないでほしいんだけど。めんどくさいとか思ってるんでしょ？」
「思うわけねぇだろ。最初の相手が俺だなんて嬉しいんだよ」
　ボッと、顔が赤くなったのを感じた。
「まぁ……、最初も最後も、俺なんだろーけどな？」
　それって……一生蒼空だけってことだよね？
　蒼空はそんな先のことも考えてくれてるのかな……。
「彩〜膝貸して？」
「え!?」
「彩の膝で寝たい」
　膝枕ってことだよね!?
　そのくらいなら全然余裕なはずなのに、緊張して足が震えてしまう。
「い、いーよ……」

正座してると、笑われた。
「何笑ってんの!?」
「いや、別に笑ってねーよ?」
「笑ってるし！　もう……寝ないなら私行くから！」
　立ち上がろうとしたら腕を掴まれた。
「ごめんって。もう笑わねぇから」
　シュンとした顔が、まるで捨てられた子犬のようだ。
　はぁ……。
　その顔反則だし。
　謝られたら一発で許してしまうよ。
　再び正座すると、蒼空はごろんと横たわり、私の膝の上に頭を置いた。
　ドキドキして全部の神経が膝にいく。
　蒼空の匂いが香ってくる。
　シャンプーなのかな？　少し甘くて優しい香りだった。
「あーちょうどいーな、このプニプニした柔らかさ」
「それって……嫌み？　足太くて悪かったねー」
「違うから。マジでこのくらいがいい。ダイエットとか下手なことすんなよ〜」
　蒼空は目をつむりながらそう言う。
　そしてそのまま真面寝してしまった。
　暖かい初夏の日差しが私たちを包み込んでいた。
　それはとても幸せで、とても穏やかな時間だった。

仲直りしましょう！

　数日後の土曜日。
　今日は初めてのデートの日ということで、服は前もって買っておいたワンピースと、お母さんからは高級ブランドのバッグを貸してもらった。
　蒼空の隣を歩くからには、少しは頑張らないと……と思って色々準備した。
　待ち合わせ時間の30分前に着いちゃったな。
　これじゃ、すごい楽しみにしてるっていうのがバレバレかも。
　駅の周辺をウロウロしてると人とぶつかってしまった。
「すみません……」
　そう言われて私も謝ろうとしたとき、相手を見て驚いた。
　朱里先輩……!?
　ぶつかった相手は朱里先輩だった。
　先輩も目を丸くしている。
「あ、あの……朱里先輩ですよね!?」
「うん、そうだけど……」
　朱里先輩とは数回しか会ったことがないし、話したこともなかったから少し気まずかった。
　颯太先輩の彼女だけど……この前の冬弥さんのこととか聞いたりしてるのかな……。
　朱里先輩はいつも通り綺麗だったけど、なんだか顔色が

悪かった。
「あの……具合悪いんですか?」
「え?」
「顔色がよくないと思って……」
「別に……そんなことないけど」
　言葉とは裏腹に、少し息が上がってるような気がする。
「本当ですか!?」
「うん……悪いけど、私急いでるから」
　朱里先輩の様子がおかしいのは確かだった。
　いつも冷静で落ち着いてる雰囲気の朱里先輩が、今日は少し動揺してるようだった。
「待ってくださいっ!　あの……何かあったんですか!?」
　こんなことを聞く私もどうかと思ったけど、蒼空の元カノと知ってから彼女のことが気になって仕方がなかった。
「どーして私に構うの?　私は蒼空の元カノだよ?　知ってるんでしょ?」
「知ってます!!　でも……いつもの朱里先輩じゃないからっ」
　朱里先輩の顔はだんだん歪んでいった。
　それは今にも泣きそうな顔で。
「朱里先輩……?」
「今から冬弥さんのところに行かなきゃいけないの」
「と、冬弥さんって!!」
　名前を聞いてドクンと心臓が揺れた。
「あなたも知ってるでしょ?　この前あなたが行かなかっ

たからその代わりに私に来いって言ってるみたいで……」
「そんな！　颯太先輩はなんて言ってるんですか!?　そんなの颯太先輩が許すはず……」
「あの人が冬弥さんに頭上がるはずないでしょ？　颯太が私に行けって言ったんだから」
　お腹の底からフツフツと怒りが込み上げてきた。
　自分の彼女を……。
　朱里先輩を冬弥さんに渡すなんて……。
「それって、私のせいですよね。私がこの前行かなかったから……」
「それは違う。あのとき行かなくて正解だったよ。蒼空が助けてくれてよかったと思ったもん」
「朱里先輩……ひとつ聞きたいんですけど……蒼空と付き合ってたとき、どうして颯太先輩の方にいってしまったんですか？　蒼空とはうまくいってたんですよね!?」
　朱里先輩の顔が曇った。
　しばらく沈黙があったあと、涙を浮かべた。
「蒼空は優しくて、好きだったけど……いつも不安だった。彼はすごくモテるから……私じゃダメだと思ったの。蒼空には言ってなかったけど、付き合ったのが原因でいじめられたりもしてた。そのときに出会ったのが颯太で。彼に相談してるうちにどんどん惹かれてしまって」
「そんな……いじめられてたこと、どーして蒼空に言わなかったんですか!?　蒼空は朱里先輩のことが好きだったのにっ」

「どうしてなのかな……なんかね、言えなかったの。私は年上だし、弱いところを見せたくなかった。でも颯太にはすべて打ち明けることできたんだ。私のすべてを理解してくれて、受け止めてくれた。私、勝手だよね？ あのふたり仲良かったのに、それを引き裂いてしまったのは私なの」

　私は何も言えず、ただ立ち尽くしていた。

「だから今回こんなことになったのも私の責任だと思ってるし……私は平気だから気にしないでほしいの」

　そう言うけど、朱里先輩の手は震えていた。

「朱里先輩はこんなことされても颯太先輩のことが好きなんですか!? 彼女を他の男の人のところへ行かせるなんてっ……何されるかわかってるんですよね!?」

　先輩はコクンと頷いた。

「颯太は前に私を助けてくれた。だから今度は私が助ける番なの」

「なら……私も一緒に行きます！」

「え!?」

　私は朱里先輩の手を引いて歩きだした。

　朱里先輩が責任を負うなんておかしすぎる。

　悪いのは弱いものいじめする冬弥さんだし！

　そしてそんな冬弥さんの言いなりになってる颯太先輩も信じられない！

「あなた何言ってんの!? あなたが行ったところでどうにもならないんだよ!?」

「でも！ １人より２人の方がなんとかなるはず！」

「2人より、3人の方がよくない?」
　そのとき、背後から蒼空の声が聞こえた。
「蒼空!」
「蒼空!」
　朱里先輩と声が重なった。
　蒼空は私と朱里先輩の顔を見て苦笑いしている。
「なんかうるせぇ女が騒いでると思ったら、俺の女だし。そんでその隣には元カノもいるし」
　私は俯くしかなかった。
　でしゃばったことしてるってわかってる。
　でも……。
　朱里先輩のこと助けたかったんだもん。
「話はだいたいわかった。俺も行くわ」
「え!?」
「一度冬弥ってやつに会ってみたかったんだよね」
　蒼空は全然ビビってなくて、むしろ楽しそうに微笑んだ。
「蒼空が通用するような男じゃないよ……」
　朱里先輩がつぶやくと、蒼空は鼻で笑った。
「そんなの会ってみなきゃわかんねーじゃん?　それに今めちゃくちゃ腹たってんだよね〜デート邪魔されたから」
　あ……。
　せっかくの初デートなのに。
　まさかこんな展開になるなんて。
「知らないよ……どうなっても」
　朱里先輩の言葉に蒼空は頷いた。

蒼空はどこから話を聞いていたんだろう。
　朱里先輩がいじめられてたこととか……聞いてたかな？
　今はそれどころじゃないのに、そんなことを考えながら歩いていた。

　辿り着いた場所は、見覚えがあるアパート。
　私はこの前ここから必死に逃げてきた。
　煙たい部屋にお酒の匂い、男たちの笑い声。
　思い出すと吐き気がする。
　でも私が言いだしたことだもん、今更弱音吐いてどうするの？
　インターフォンを押すとすぐにドアが開いた。
　しかし出てきた人は冬弥さんではなかったけど、あの鍋パーティで隣にいた男だった。
「あ？　お前ら誰だ？　って……この女！」
　その男は私を指差した。
「おい、人の女を指差すんじゃねぇよ」
　蒼空はその男の手を掴む。
　そのとき、中から冬弥さんが出てきた。
「誰かと思ったらこの前の女じゃん、朱里連れてこいって言ったのにお前も来たのかよ」
　冬弥さんはケラケラと笑ったが、蒼空を見て一気に不快な表情をした。
「つーか誰だ？　こいつ」
「お前が冬弥？」

蒼空は私たちを自分の背後に追いやって、1歩前に出た。
「生意気なヤローだな!?　その綺麗なツラ、醜(みにく)くしてやるかぁ!?」
　冬弥さんが蒼空の首元を掴んだ瞬間、蒼空も冬弥さんの腕を掴んだ。
「い、いってぇ————っ!」
　そう叫んだのは冬弥さんの方で。
　蒼空の表情は変わらなかった。
　腕を掴んでいるだけなのに、冬弥さんの顔はみるみるうちに歪んでいった。
「腕……お、折れるっ」
　私は怖くなって思わず「やめてっ」と叫んでいた。
　そのときファンファンという音を鳴らしながら、パトカーがアパートの前に停まった。
　そして数人の警察官がバタバタとやってくる。
「おまわりさーん、こいつが小松(こまつ)冬弥です」
　蒼空がそう言うと、警察官が冬弥さんの周りを取り囲んだ。
「な、なんだよ急に!?」
　冬弥さんと、一緒にいた男は焦っていた。
　しかし逃げようにも逃げられない状況で。
「13時50分。小松冬弥、原大地(はらだいち)、強姦、窃盗の容疑で逮捕する」
　ふたりはあっという間に取り押さえられ、パトカーに連行された。

私と朱里先輩は呆気に取られていて、言葉が出なかった。
　その様子を、ただ蒼空だけが笑って見ている。
「ど、どーいうこと!?」
「俺がサツに連絡しといた」
「え!?」
「実は前から動いてたんだよね、冬弥ってやつのことが気になって。そしたら出るわ出るわ。あいつら今までも色んな女に強姦したり、窃盗したりしてたらしい」
「そうだったんだ……」
　隣で朱里先輩がペタンと地面に座り込んだ。
「朱里先輩!?」
「どうなることかと思った……」
　ほっとしたのか、腰を抜かしたらしい。
「よかったです……本当に」
　私は朱里先輩の背中をさすった。
「でも……朱里先輩を冬弥さんのところへ行かせた颯太先輩も許せないっ自分のことしか考えてないじゃんっ」
「んー。そーでもなさそうだけど？」
「え??」
　蒼空が指を差した先にいたのは、息を切らしている颯太先輩だった。
「颯太先輩!?」
　颯太先輩は汗だくになっていて、両手を膝についたまま苦しそうな顔をしている。
「颯太……どうしてここに……」

「ごめん……」
　頭を下げたままそうつぶやく。
「冬弥さんに言われて怖くなって……朱里を行かせたけど……やっぱ無理。お前のこと渡せねぇ…」
「颯太先輩!　来るの遅いです!!　私たちがいなかったら今頃朱里先輩はっ……」
　私の言葉に颯太先輩は顔を上げた。
「彩ちゃん……ひでぇことしたのに……ごめん。色々巻き込んでしまって。蒼空も……連絡くれてどーもな……」
　蒼空、いつの間に颯太先輩に連絡していたんだろう。
「俺はいーけどさー、彩巻き込むのやめてくれる？」
「悪い。俺何やってんだろな……」
　そのとき、朱里先輩が颯太先輩に抱きついた。
「本当！　何やってんのよ！　私……やっぱり怖かった……」
「ごめん、ごめん朱里……」
　ぎゅーっと強く抱き合っている。
「まぁー、あいつら捕まったし、これで一石二鳥だなっ」
　蒼空が横でムードをぶち壊した。
　もしかして……まだ朱里先輩のこと気になってるからとかじゃないよね？
「蒼空。本当に悪かったよ。俺、なんでも持ってて完璧なお前に嫉妬してた。最初はお前に勝ちたくて朱里を奪ったってのも少しある」
　蒼空は何も言わず颯太先輩の方を見ていた。

「でも今は本気でこいつのことが好きだから」
　颯太先輩は再びぎゅっと朱里先輩の肩を抱いた。
　それを見た蒼空はニヤッと口角を上げた。
「それ、俺が一番聞きたかった言葉」
「え？」
「朱里取られたときはマジでムカついたけど……あの頃の俺にも原因はあるからな。朱里がいじめられてたのも気づかずのほほんとしてたし」
「蒼空……ううん。あなたは何も悪くないよ。私がこの人を好きになってしまったから……」
「もーいーよ。朱里は責任感じなくても。俺今幸せだからさ」
　そう言って私の肩を抱き寄せた。
　突然のことにドキドキしてしまう。
　人前でくっつくとか苦手なのにーっ！
　朱里先輩は笑っていた。
「蒼空がこんな風に変わったのは、彩ちゃんのおかげかもね」
「え？？　私ですか？？」
「彩ちゃんが蒼空に真正面から素直にぶつかってってるから、蒼空も心を動かされたんじゃないのかな？」
　チラッと蒼空の顔を見ると、見るなと言わんばかりに私の目に手を当てた。
「朱里、少し黙っとけよ」
　その顔は少し赤くなっていて、蒼空じゃないみたいだった。

私の胸もドキッと音を立てる。
　新たな一面が見られて、嬉しくなった。
「てかさ、俺らこれからデートだからっもういーでしょ？」
　あ、そうだった！
　せっかくの初デートだったのに!

　先輩たちに別れを告げて、駅の方へと再び歩きだす。
　蒼空は何も言わず私の肩を抱いたまま歩いていた。
「そ、蒼空？」
　蒼空は私の方をチラッと見てため息をついた。
「おせっかい女」
「ご、ごめん……」
「お前さ、俺がいなくても朱里と行ってただろ？」
「うん……」
「バカかっ」
　少し大きい声で怒られてびっくりした。
「でも……朱里さんをひとりで行かせるなんて絶対できなかったんだもんっ」
「そーいうときはさ、俺をすぐ呼べよ。自分で解決しようとすんな」
　蒼空の言う通りだ。
　現に私だけが行ったところで、何も解決しなかったと思う。
　蒼空が警察を呼んでくれなかったら、どうなっていただろう……。

想像しただけでも怖くなる。
「ごめん……」
　呆れられても仕方ない。
「まぁ……彩のそーいうところも嫌いじゃねぇけど」
「え?」
「ちょっとさぁ、これから行きたいとこあんだけど」
「いいよっ！　私が勝手な行動しちゃったお詫びに……今日はどこでも付き合う」
　私のその言葉に、蒼空はニヤりと笑った。
　な、なんか嫌な予感がするのは気のせい？
「言ったな？　じゃあ……ふたりっきりになれるとこ行こ！」
「えええ!?」
　ふたりっきりになれるとこって……。
　まさかっっ
　ら、ら、らぶ……。

　着いた場所はカラオケ屋だった。
「え、カラオケ？」
「そ。ふたりっきりになれるっしょ？」
　なんだ……。
　私ったらてっきり！
　蒼空は私の顔を覗き込んで、フッと微笑んだ。
「期待しちゃったのに申し訳ないね？」
「は!?　な、何言ってんの!?」

蒼空にはお見通しだったようで。
顔が熱くなっていくのを感じる。
はぁ。
私ってばとことんバカ。

ジュースを入れて、部屋に入ったとたん……。
後ろから抱きしめられた。
驚いてジュースをこぼしそうになった。
「蒼空!?」
「やっとふたりっきりになれた」
「そうだけどっ」
　蒼空の吐息がうなじにかかる。
「う、歌おうよ？」
「うん」
　蒼空は座ってるときも私を自分の股の間に座らせ、後ろから抱きしめたままだった。
　そして歌うときもその体勢で。
　振り向けばすぐそばに蒼空の顔があるし、緊張してうまく歌えないんですけどっ。
「彩の声って可愛ーよな」
「え？」
　耳元でそう囁かれた。
　そしてそのまま、うなじにキスされた。
「ンッ」
　思わず声が漏れて、マイクに響いた。

恥ずかしすぎて体が硬直する。
　蒼空の唇の感触が柔らかくてくすぐったい。
「今のいーね。もっかい聞かして？」
「えっむ、無理っ」
　蒼空はうなじから首筋にかけて、次々とキスを落とした。
　そのたびに反応してしまう私を見て、楽しそうにしている。
「もう……やだっ……」
　ドキドキしてるのと、ふわふわして頭の中が真っ白になってしまう。
　恥ずかしすぎて泣けてきた。
　そんな私の顔を見て、蒼空が自分の口を手で塞いだ。
「どうしたの……？」
「いや……お前可愛すぎてムカつく」
　蒼空も照れてるのか、口を押さえたままだった。
「そんなこと言うなんて……蒼空らしくないっ」
「そう？　てか、そんな顔見せられたらもっとしたくなる」
　ぎゅっと強く抱きしめられる。
　お互い体に熱を持っているせいか、暑くなってきた。
「彩のこと、鳴かせてぇ」
　なんて返したらいいのか……。
　言葉が出ませんが。
「でも俺無理やりとかやだからさ。お前の気持ち整理つくまで待ってる」
　私は頷いた。

蒼空はちゃんと考えてくれてたんだ。
遊び人だった昔の姿は、もうそこにはなかった。
私のことだけを考えてくれている、優しい彼氏。
嬉しくてまた泣けてきた。
蒼空……。
大好きすぎるよ。
私は蒼空にどっぷりハマっていた。
だからあの人の異変には全く気づかなかったんだ。

怒ってますか……？

　——3週間後。
　松林先生がしばらく学校を休んでいるという情報が入ってきた。
　生徒の間では色んな憶測が飛び交った。
　他の先生にいじめられてるとか、鬱になったとか、重い病気にかかったとか。
　でも私はずっと気になっていたことがあった。
　授業中の蒼空と松林先生のことがあった日から、先生はどこか元気がなくて悩んでるみたいで。
　もしかしたら蒼空が原因だったりして……。
　変なドイツ語なんて書くからっ。
　先生は私のことなんか、なんとも思ってないのに。
　もしもそのせいだったら、松林先生に謝らなきゃ……。
　そのことを隣の席の渉くんに相談したら笑われた。
「彩ちゃんって優しいよねー？　松林先生はそんなにやわじゃないと思うけど」
「そう……かな？　だってあのときもすごい怒ってたみたいし……」
「えー？　あのいつも穏やかで明るい先生が？　そんな風に見えなかったけどね……」
　じゃあ私の思い違いだったのかな。
　それだったら別にいいんだけど……。

「先生のこと心配してると、蒼空がまたヤキモチ焼くんじゃない？」
「えっ？」
　渉くんがニヤつきながら蒼空の方を指差した。
　見ると、蒼空が眉間にシワを寄せてこちらを見ている。
　というか、睨んでる。
「彩ちゃんとちょっと話してるだけであんな顔すんだからねぇ？　マジでガキだよね」
「あはは……」
　笑えない。
　他の男子と話してると、いつも蒼空はいい顔しない。
「蒼空が束縛するなんて信じられないけどね。あいつ、前は束縛とか嫌いだったのに。だから体だけって割り切った関係にしてたんだろーけど」
　そう言ってから、やばいといった顔でこちらを見てきた渉くん。
　蒼空のことは今までも色々聞いてきたから慣れてるんだけどな。
「気にしないでいーよ。確かにその通りだよねぇ！　自分の今までのこと棚に上げてさぁ……やんなっちゃうよ」
　笑っていると、渉くんがじっと見つめてきた。
「え、どーしたの？」
「うん。彩ちゃんだから蒼空も変わったんだろうなって。相手のこと気遣ったりさ、絶対嫌な気分にさせないよね。そーいうとこかいいなって思うもん」

「ええ？」
「束縛しちゃうのもわかるな」
　一瞬、渉くんらしくないどこか寂しげな表情に変わったから驚いた。
　何かあったのかな……。
　そういえば、隣の席だからっていつも渉くんに相談してばっかりだけどたまには私も渉くんの力になれることしたいな。
「悩み事があるなら……いつでも相談に乗るからね？」
「ええー？　俺が？　ないないっ！　でも……彩ちゃんがそう言ってくれて嬉しいなぁ」
　いつもの無邪気な笑顔に戻ってほっとした。
　渉くんは優しいし話しやすいし、そしてかっこいいのに彼女がいない。
　もしかして好きな人がいるのかな……。
　相談してくれたら協力できるのに。
　でも、私じゃ役立たずかな……。

　その日の下校中、蒼空はなぜか不機嫌だった。
「何か……あった？」
「あ？」
「機嫌悪くない？」
「別に」
　いやいや、明らかに機嫌悪いから！
　でも触らぬ神に祟りなしだよね。

無言で歩いてると、ぐっと腕を掴まれた。
　振り向くと、蒼空が俯いてて。
「どうし……」
「わりぃ」
「え？」
「俺、本当かっこわりぃな」
　蒼空の口からハァッとため息が漏れた。
「自分でもこんな気持ち初めてでどーしたらいーのかわかんねぇんだよ」
「え？　蒼空悩みでもあんの？」
「は!?　まだ気づかねぇの？　お前のことで悩んでんのに」
「私？」
「彩が男と話してんの見るだけでイライラが止まんねぇ。その男が渉だとしてもムカつくんだよ」
　い、異常だ……。
　ヤキモチを焼いてくれるのは嬉しいけど、あの蒼空がここまで嫉妬深いとは。
「渉くんとは友達だよ？」
　でもちょっと顔がニヤけてしまう。
　ヤキモチ焼かれて、嫌な気分にはならないもんね。
「わかってっけど……頭と気持ちがついていかねーっつーか……」
「そんなんだから松林先生のことも変な目で見ちゃうんじゃない？　先生は私のことなんとも思ってないのに」
「あいつは別だから！　てか名前聞いたらこの前のこと思

い出したわ」
　蒼空は再びため息をつく。
「あのさ。松林先生ずーっと休んでるってこと知ってた？」
「あ？　そうらしいな。仮病じゃねーの？　別にどーでもいーけど」
　冷た！　いくらムカついてるからって……。
　先生たちの前ではあんなに優等生ぶってニコニコしてるくせに。
　やっぱり腹黒だ。
「この前のことが原因なんじゃないかなって……思うんだよね。ほら、あのとき蒼空もちょっとやりすぎたでしょ？」
「は？　あんときはあっちのせいだし。彩にも言ったじゃん」
「そうだけど……」
　何も先生がわからないドイツ語で対抗することなかったのに。
「なんか腑に落ちない顔だな。松林のこと気になんの？」
「そ、そーじゃないよ!?」
　ただ、私は先生と蒼空が気まずくなるのも嫌だし、早く仲直りしてほしいなって思うんだけど。
　蒼空は先生と仲良くしたくないって感じだし。
「そんなに気になんならさ、松林んちにでも行ってみれば？」
「え？」
　蒼空は冷たい目で私を見ていた。

初めて話をしたときのような、冷たい目。
「あいつだって喜ぶんじゃねーの？　好きな女に来てもらえば」
「何それ！　だから先生はそんなんじゃないって！」
「そーやってあいつの味方されんのすげームカつく。自分の気持ちに気づいてないだけで本当はあいつのこと好きとか？」
　そんなこと言われるとは思わなかった……。
　蒼空はずんずんと前を歩いてるから、どんな表情しているのかわからない。
「違うのに……蒼空のバカ」
「あ？」
　私は踵を返して来た道を戻った。

　どうして蒼空には伝わらないのかな。
　私の心の中は蒼空でいっぱいなのに。
　なんで信じてくれないの？
　思いが伝わらない悔しさで、泣けてきた。

　翌日、教室で蒼空と目が合っても、すぐに逸らした。
　あっちもそんな感じの雰囲気だったから。
　先に逸らされるのが辛いし怖かったから、私から逸らした。

「あんたらなんかあったー？」

昼休み、翠が机の上でお弁当を広げながら言った。
「やっぱり……気づいた？」
「そりゃ気づくってー！　蒼空はなぁんかピリピリしてるしさぁ～」
「うん……」
「もしかして松林先生が原因？」
　周りを見渡しながら、翠は小声でそう言った。
「うん。てか蒼空が勝手に勘違いしてるだけなんだけどね」
　お弁当の蓋を開けたけど、ご飯が喉を通らない。
「そういや……さっき廊下で先生見かけたよ？」
「ほ、本当!?」
「うん。元気そうだったよ～だからあんまり気にしなくても……」
　私はお弁当の蓋を閉めて立ち上がった。
「え、彩もしかして……」
「ちょっと先生のところに行ってくる！」
「そんなことしたらまた蒼空が……」
　教室を見渡しても蒼空の姿はどこにもなかった。
　きっと友達とどっかでお昼食べてるんだと思う。
　ちょうどいい……。
「うん。でも一度先生にちゃんと謝っときたいから……」
「あんたって……偉いね……」
「偉くないよ。ただふたりが険悪なままなのが嫌なだけで」
　蒼空は絶対謝ったりしないと思うから……。
　せめて私からは先生に言っておかないと。

職員室で松林先生の姿を見つけたときはほっとした。
　先生も私の顔を見て驚いているようで。
「榎本……どうした？」
　少し痩せ細ったような気がする。
　胸がズキンと痛んだ。
「先生……痩せましたよね？　体大丈夫なんですか？」
「心配してくれたのか……それは嬉しいな。でももう完全復活したから。今日からまたよろしくな」
　いつもの優しい笑顔が向けられた。
　でも前よりも痩せたことは確かだった。
　蒼空は放っておけなんて言ってたけど……そんなことできるわけないよ。
　先生はいつも私のことを気にかけてくれてたし……。
　蒼空と付き合う前からも色々と相談に乗ってくれていた。
　水原さんから助けてくれたこともあった。
　そんな人を無視するなんて……私にはできない。
「どうした？　またなんか悩んでるのか？」
　俯いていた私の顔を、先生は屈んで覗き込む。
「先生……この前は蒼空が……すみませんでした」
「え……」
「授業で変なドイツ語を……」
「ああ……あれな。あとから和訳してわかったよ。俺って教師失格だよな～」
　ハハッと軽く笑い飛ばしてくれた。

先生は全然気にしてないって感じだけど……。
「あいつ頭よすぎなんだよな。時々ドキッとさせられる」
「いえ……蒼空、なんか勘違いしてて……」
「……勘違い、か」
「あの……失礼なことして本当にすみませんでしたっ」
　頭を下げると、すぐに「顔を上げて」と言われた。
「榎本はそんなこと気にしてたのかー？」
「はい……もしかして先生が体調崩したのってこれのせいだったんじゃないかって……」
「ハハハッ。俺はそんなにやわじゃないよ。風邪がちょっとひどくなっただけだから」
　私の頭をポンポンとしながら笑っていた。
　胸の中にあった不安が、少し取れる。
「でも……嬉しいな。お前がそんなに考えていてくれたなんて」
　首を横に振ると、私の頭に置いていた手が頬の方に下がってきてドキンとした。
　先生は何も言わずまっすぐに私を見つめている。
　なぜか体が硬直して動かなくなった。
「松林せんせーい」
　どこからか声がして、先生の手は私の頬から離れた。
「あ、はい！　今行きます」
　先生はそう返事をすると、私に「またな」と微笑んで行ってしまった。
　い、今のはなんだったの!?

先生の手が私の頬に触れて……。
でも先生がそんなよこしまな考えを持つわけない。
蒼空とは違うんだからっ……。
ドキドキした胸を押さえながら、教室へ戻ろうと職員室を出たとき。
水原さんが廊下に立っていた。
目が合い、私の体が動かなくなった。
「榎本さんって……松林先生と仲良いんだ？」
「えっ……」
「今の見ちゃった」
今のって……。
水原さんはツカツカと靴音を立てながら、私の目の前にやってきた。
「私、やっぱりあなたが蒼空の彼女なんて許せない。今みたいに平気で他の男に触られるなんてありえないし」
「そ、それはっ……」
「蒼空があなただけをずっと好きでいると思ったら大間違いだから」
「え……」
「今すぐ蒼空と別れなきゃ……あなたはきっと後悔することになるでしょうね」
「こ、後悔!?」
フッと意味深な笑みを浮かべ、水原さんは去っていった。
後悔するってどういう意味!?
でも蒼空と別れたらますます後悔するに決まってる！

水原さんは蒼空のことまだ諦めてくれないのかな……。
　その日の放課後。
　蒼空はいつも以上に不機嫌だった。
　最近ずっとこんな顔している。
　私のせいだよね……。
　隣にいるのになぜかひとりみたいに寂しい。
　手も繋ぎたいのに繋げない……。
　目の前を歩いている蒼空はなんか知らない人みたい。
　私たちは駅に着いてもひと言も話さなかった。
　このままじゃ……ダメだよね。
「そ……」
「あ———っ！　見つけたぁー！」
　そのとき突然甲高い声が後ろから聞こえた。
　振り返るとそこには女子高生がふたり。
　なんだか見覚えがある顔……。
「覚えてますかぁ!?　前も駅で会いましたよね!?」
「またここで会えて嬉しーっ」
　ふたりは蒼空の真横にびったりとくっついてきた。
　その行為にイラッとしてしまう。
　思い出した……この子たち前に駅で蒼空と連絡先を交換した他校の女の子たち！
　チラッと蒼空の方を見ると、覚えてないような顔をしている。
　だよね……今まで数え切れないくらいの女の子たちと遊んでたんだから。

連絡先交換したくらいじゃ覚えてないよね。
「ん～ごめんね？」
　苦笑いの蒼空に対して女の子たちは「えぇ!?　覚えてないなんてひどーい！」と、わざとらしく腕を絡ませていた。
　馴れ馴れしいんだよ！
　なんて……。
　私はそんなこと言う勇気がない。
　彼女……なのにな。
「メールしたのに全然返事来ないんですけど～」
「合コンしよーって言ったじゃん」
　ふたりとも拗ねた顔をしている。
　そういえば……あのときここの駅でそんなやりとりしてたな……。
　あのときは、軽い男！ってドン引きしてたけど。
　まさかこの人と付き合うことになるなんてね。
　蒼空はふたりの腕をゆっくり払いのけると、私の手首を掴んだ。
「え!?」
　突然のことに驚いて動揺してしまう。
「ごめんね、俺彼女できてさ。もう遊ばないって決めたんだよね」
　ドクンと、心臓が痛いくらいに揺れ動いた。
　目の前にいる女の子たちは「えぇ～!?」と驚いた顔で私のことを見つめている。
　嬉しいけど……視線が痛い。

「なんで!? 桐谷くんは彼女作らない人だって聞いてたのに！」
「そうそう！ しかもよりによってこんな地味な……」
　蒼空は私の手首をぎゅっと掴んで、自分の方に引き寄せた。
　そしてさっきまでの優しい顔とは一転、冷めた目つきに変わった。
「しつけぇ。てめぇらの方がよっぽど中身腐ってんぞ、さっさと散れ！　クサレ女子！」
　その場が凍る。
　そ、蒼空……なんてことをぉおお!!
「う、うわ……こんな人だと思わなかったし……」
「マジサイテー……行こ行こ……」
　女の子達はいそいそとその場を去っていった。
　私の心臓はまだドクドクと大きく鳴っている。
「蒼空……何もあんな風に言わなくても……」
「あんな風に言わなきゃわかんねーだろ。あいつらしつこそうだったし」
「でもっ！　もっと優しい言い方が……」
「あいつらに優しくしていいわけ？」
「え……」
　そんなの、嫌に決まってる。
　蒼空は、はぁ……っとため息をついた。
「彩はさ、考えが甘いよな。そういうところが余計に人を傷つけるってわかんねぇ？」

「甘い……？　私はただ穏便に済ませたいだけで……」
「本当にそれだけ？　俺のことなんてもうどうでもよくなったんじゃねーの？」
「え!?　何言ってっ……」
　顔を上げると、そこには見たこともないくらい切ない顔をした蒼空がいて驚いた。
「そ、蒼空……？」
「あいつのこと……どう思ってんの？」
「あい……つって」
「松林。今日彩とあいつが一緒にいたとこ見たやつがいんだけど」
　水原さんだ……。
「なんか仲良さげにくっついてたって聞いた」
「くっついてなんかっ……！」
「でも一緒にいたんだろ？」
「わ、私はただ心配で……」
　蒼空の代わりに謝りに行ったって言ったら怒るだろうし言えないよ……。
　私の手首を掴んでいた蒼空の手の力が緩む。
「俺さ……彩のことわかんねぇ」
「え……」
「自分の気持ちに素直になれよ……無理に付き合ってもらっても嬉しくねぇ」
「何言ってんの!?　そんなことない！」
　私に背を向けた蒼空。

あ……また知らない人の背中だ。
「ちょっとさ……ひとりで考えたい」
「そ、蒼空……」
「わりぃ。今日はひとりで帰って。まだ明るいし……大丈夫だよな？　気をつけて帰れよ」
　蒼空は私の顔を見ることなく、足早にその場を後にした。
　残された私はただ立ち尽くしていて……。
　何が起こったのかわからない……。
　これって……。
　距離を置こうってことだよね？
　うん……。
　別れるわけじゃない……。
　大丈夫、大丈夫。
　蒼空はいつか絶対わかってくれるっ！
　なのになんでこんなに不安でいっぱいなんだろう。
　苦しくて押し潰されそうだよっ……。
　いつの間にか私は泣いていて……。
　周りの人たちにジロジロ見られていた。

すれ違い中です。

　当たり前のことだけど、あれから電話もメールも全然来なくて。

　私はずっと蒼空のことしか頭にないのに、蒼空はもう私のことなんか忘れちゃったんじゃないかって……。

　そんなことばかり思ってしまう。

　だからそんなときはこうやって花に水をあげてると心が少し和む。

　あ、この花咲いてきたな……とか、ここにはあの花植えたいなとか……。

　少しの間だけど、蒼空のことを思い出さなくて済むから。

　蒼空と距離を置いた日から数日が経つけど、私は毎日のようにこの裏庭に来ていた。

　——キーンコーンカーンコーン。

　夕方17時の鐘が鳴る。

　そろそろ帰ろうかな。

　重い腰を上げて、私はじょうろを返しにいった。

　夕方になると気持ちが落ち込む。

　辺りが暗くなるからかな……すごく寂しくなるんだよね。

　教室では一切蒼空とは目が合わなくなった。

　翠も渉くんも気を遣ってくれてるのがわかる。

　別れたわけじゃないのに……。

これじゃあ本当に別れてるみたいじゃん……。
「どうしたの？」
「なんか暗い顔してんねー？」
　突然目の前に現れたのは３人の男子生徒だった。
　どこから現れたんだろう。
　ぼーっと考え事していたから気づかなかった……。
「えっと……あの？」
　確かこの３人、同学年で他のクラスの人たちだ。
　チャラそうな３人組は薄く笑いながら私のことを見ている。
　なんか……気持ち悪い……。
「俺たち、榎本さんのこと待ってたんだよねー」
「わ、私のことを？　なんで……」
「いーからさっ話はこっちでしようよ！」
　ひとりの男子が私の背後に回って押してきた。
　そしてもうひとりの男が私の手首を掴んで歩きだす。
　な、何これ!?
「えっちょっと！　話ならここで!!」
　３人は私の言葉を無視して、どんどん歩きだす。
　握られた手はびくともしない。
　痛くて骨が折れてしまいそう！
　無理やり連れてこられた場所は、人気のない体育倉庫だった。
　これって……もしかして……。
　すごく嫌な予感がする。

私の背後で倉庫の扉が閉められ、鍵もしっかりとかけられた。
「こんなところに連れてきて、何!?」
　負けないように男子たちを睨んだ。
「怖っ!!」
「榎本さんさぁ、蒼空と別れたの？」
「え……蒼空？　別れてない……けど」
　突然蒼空の名前を出されて動揺してしまう。
「マジかよ！　別れてんのかと思ったのに」
「知ったこっちゃねぇだろ！　あっちだって散々俺らの女とってきたんだからな」
「だよな……でもバレたらやべーよ、あいつつぇーし……」
「そんときはそんときだろ！　今はごちゃごちゃ言ってる暇ねぇよ」
　3人は何やら焦っている様子で。
　この人たち……蒼空に彼女をとられたことがあるんだ。
　だから恨んでるの!?
「まぁー……悪いのは俺らじゃないから。恨むなら彼氏を恨みなよ？」
　私の両肩を掴んで、思いっきり床に倒された。
　お尻を打ってしまったのか、ジンジンする。
「離してよ！」
　両肩と両足を押さえつけられ、私は床の上に大の字のような格好にされた。
　今更体が震えだす。

校舎にはあまり人がいなかったし、部活の人たちもこの近くにはいなかったかも……。
「たすけっ……！」
　大声で叫ぼうとしたら、横にいた男子に手で口を塞がれた。
「そーいうことされると困るんだよね」
　強く口を塞がれてしまい、息苦しくなってきた。
「おい、そろそろ……」
「俺が１番だからな!?　興奮して忘れんなよ!?」
　やだ……。
　やだっ。
　やだっっ!!
　こんなやつらになんかっっっ！
「ンンーーーッ!!」
　叫ぼうとしても全く声が出ない。
「無駄なことすんなよ。それより今を楽しもうぜ」
「そうそう！　榎本さんさ、やっぱ胸でかいよね？　ずーっと思ってたけど!!」
「俺一度でいいから触ってみたかったんだ！」
　制服の上から胸を触られて寒気がした。
　怖いっ……。
　怖いよ蒼空っ……。
　いつもこんなときは蒼空が助けにきてくれた。
　コンビニのトイレで隠れてたときも……。
　屋上で先輩たちに捕まったときも……。

朱里さんと、冬弥さんの家に行こうとしたときも……。
　蒼空は私を見捨てないでいてくれた。
　でも……今回は来てくれるはずない。
　だって友達と帰ったところ、しっかり見たんだもん。
「うわー柔らけぇ！　これFくらいある!?」
「俺にも触らせろよ！」
　気持ち悪いし痛いっ……男子たちのニヤついた顔を見てると吐き気がする。
「おい、そろそろ上からじゃなくて直に触ろうぜ」
　私のネクタイを乱暴に外してブラウスのボタンに手をかけた。
　全身で抵抗しても、3人の男の力になんか勝てるはずがない。
　ただ体力が消耗するだけ。
「脱がせたら1回写メっからな」
　足を押さえてた男子がそう言ってポケットからスマホを取り出した。
　しゃ……写メ!?
　裸を撮られるの!?
　そんなの絶対ありえない！
「あー、あいつに頼まれてたやつか」
　あいつ……？
　この3人の他にも共犯者がいるの!?
「んなことより、さっさと脱がせちまおうぜ」
　嫌だ！

写メまで撮られるなんてっ……。
　　私は全身の力を振り絞って暴れた。
「うわっ暴れんなって!!」
「こいつか弱そうに見えて力つよっ!」
　　ブラウスのボタンが吹っ飛んでいったのが見えた。
　　ドドドドドドン!!
　　そのとき、倉庫の扉を誰かが思いっきり叩いた。
　　え……もしかして……。
　　蒼空!?
　　いやでも、そんなはずはない!
「誰だよ!?」
「見つかったらやばくね!?」
「お前らブレザーで顔隠せ!　扉開けたら一斉にダッシュで逃げんぞ!」
　　男子たちは焦りながらブレザーで頭を覆った。
　　そして鍵を開けると勢いよく外へ出ていった。
「おいっ!!　お前らーっ!!」
　　そう叫んだのは……。
　　蒼空じゃない……。
　　松林先生……?
　　なんで先生がこんなところに!?
　　先生は生徒たちを追いかけようとしたけど、後ろを振り返って私の存在に気づき目を丸くして驚いた。
「え、榎本!?」
「せんせ……い」

ショックのせいか声が震えていた。
　自分でもよくわかるくらい、情けない声をしている。
「お前その格好！」
　私は咄嗟にブレザーで前を隠した。
　ブラウスのボタンが飛んで前がはだけてしまっている。
「……」
　先生は私の方に走ってきて、そしてうずくまっている私を包み込むように抱きしめた。
「もう大丈夫だ。俺は何も見てない。心配すんな」
　震えていた私の体が、先生の体温によって落ち着いていく。
　温かい……。
「先生……ごめんなさいっ」
「なんでお前が謝るんだよ!?　悪いのは全部あいつらだ！　クソ……あいつらの顔がわかれば……」
「も、もう大丈夫ですから！　あの人たちのことは許してあげてください！」
　犯人捜しなんてことの騒ぎになったら……このことが蒼空にバレてしまう。
　蒼空のことだから、自分のせいだと思って落ち込むに決まってる。
「許すなんて……できるわけないだろ!?　俺が来なかったらお前……」
「でもっ！　先生が来てくれたからっ……私平気じゃないですかっ」

「……こんなに手が震えてるのに……か？」
　先生は私の両手を握ってくれた。
　まだ震えはおさまっていなかった。
「じきにおさまります……から」
　倉庫の扉は開いてるし、こんな場面誰かに見られたらそれこそ大変なことだ。
　震える足をなんとか落ち着かせ、外へ出ようとしたとき。
「榎本……無理してるんじゃないのか？」
「え？」
　振り返ると、いつもの先生らしくないまなざしで見つめられたのでドキッとした。
「桐谷とお前は似合わないよ。あいつに無理して合わせてるとしか思えない」
「そんなことないです！　今はちょっと距離を置いてるけど……話し合えばまたわかってくれるはず……」
「そう思ってるのはお前だけかもな」
「え!?」
　先生は立ち上がって私の目の前に来た。
「最近のあいつを見ても、全然辛そうにしていない。むしろ楽しそうに見えるけどな？　他の女とも以前のように絡んでるみたいだし」
　蒼空が……。
　他の女の子と!?
　嘘!!　教室では全然そんなところ見せてないのに！
「そ、そんな……違いますよ……ただ話してただけじゃな

いですか……？　蒼空はもう前みたいな女遊びはしないって……」
「水原とイイ感じになってるって他の生徒からも聞いたぞ」
　水原さん!?
　なんでっ……そんなの嘘だよね!?
　だってあんなに水原さんのこと嫌がってたのに！
『蒼空があなただけをずっと好きでいると思ったら大間違いだから』
　この前……水原さんが言ってた。
　もしかしたら蒼空は本当に水原さんと……!?
　だよね。よく考えてみたら……。
　私なんかより水原さんの方が100倍も可愛いし、連れて歩くなら絶対あの子の方がいいもん。
　お似合いのカップルになるだろうな……。
「それに……こんなときにそばにいないなんて、彼氏失格だろ」
「……」
　いつもだったらそばにいてくれるもん……。
　助けにだって来てくれる。
　でも今はしょうがないんだ……。
　先生は目の前で大きなため息をついた。
「他のやつを見る気にはなれないか……？」
「え……？」
　両肩をぐっと掴まれ、先生の顔が近づく。
　思わず顔を背けてしまった。

な、何っ……。
「俺のことは男として見れないか？」
　え――。
「あ、あのっ……先生、それって……？」
「こんなこと言わないつもりだった。教師が生徒にこんな思いを抱くなんてありえないことだから……でも俺もひとりの男だし、我慢できなかったんだ……」
「う、嘘……」
　蒼空が言ってたことが……現実になった……？
「嘘じゃない。前からお前が気になってたんだよ。今時の女子高生じゃない、真面目で素直な榎本がずっと好きだった」
　驚いて言葉が出ない。
　私の肩を掴んでいる先生の力が強まっていく。
「桐谷よりもずっと……大切にする。あいつといるより楽しませてやることだってできる。だから……」
「先生！　私……」
「返事はまだいらない。今は何も言わないでくれ……」
　先生の顔はすごく辛そうだった。
　そうだよね……。
　先生だって私にこのことを言うの、すごくためらったはずだし……。
　肩を掴んでいる手が、どことなく震えてる気がするもん。
「ゆっくりでいいから……俺のことも少し考えてみてくれないか」

そんな風に言われて、ハッキリ『無理です』なんて言えないよ……。
　でもそんな自分にも腹が立つ。
　答えは決まってるのに、なんでハッキリ言えないの？
　この前蒼空に言われた、『そういうところが余計に人を傷つける』って、少しわかった気がする。
　先生に家まで送るって言われたけど断った。
　先生は何もしてこないって信じてるけど……。
　私に好意を持ってるって知って、少し怖くなった。

　薄暗くなってきた通学路を、ぼーっとしながら駅まで歩く。
　さっき先生に言われたことが頭の中でぐるぐる回っていて……。
　信じられずにいた。
　でも――思い起こせば、思い当たることは沢山あった。
　蒼空はそれに気づいていたんだ……。
　それなのに私ってば考えもしないで頭ごなしに否定していた。
　最悪……。
　蒼空が怒るのも無理ないよね……。
　駅前のコンビニに寄ると、渉くんが立ち読みしていた。
　あれ……？　確か蒼空と一緒に帰ったはずじゃ……。
「渉くん……？」
　こちらを見た渉くんは、すごく驚いていた。

「彩ちゃ……そ、それどうしたの……」
　引きつった顔で私の方を指差している。
「え？」
「服！　ボタンが……」
「あっ……」
　私は思わずブレザーで前を隠した。
　どうしよう、先生のことで頭がいっぱいだったからブラウスのボタンがないことを忘れていた。
「ちょっと外出よ!?」
　渉くんは血相を変えて私の手首を掴むと、コンビニの外へ出て、人気のない場所まで私を引っ張っていった。
　そして振り返って「誰にやられたの!?」と、私を問い詰めた。
　やばいな……。渉くんに知られたら蒼空にも知られてしまう。
「な、なんでもないよ……」
「もしかして……うちの学校のやつ？」
　真剣な目で見つめてくる渉くんに、ごまかしはきかない。
「うん……」
「誰なのか覚えてる!?」
「他のクラスの男子３人なんだけど……名前はわからない。でもっ松林先生が助けてくれたから私はなんともなかったの！　ブラウスはこんなんだけど……」
　えへへと笑ってみせると、渉くんの顔が少し緩んだ。
「本当焦った。彩ちゃんが危険な目に遭うの、俺耐えられ

ない」
「えっでも大丈夫だよ！　ちょっとびっくりしたけどさ、私は無傷だし」
　心配させないように笑ったのに、渉くんは逆に落ち込んでいるようだった。
「彩ちゃんが大変なときに……蒼空は何やってんだよ。俺だったら絶対こんな目に遭わせない」
　こんなに怖い顔をしている渉くんを見たことがない。
　どうしちゃったんだろう……。
「あ、あの……渉くん……？」
「それにしても、先生が偶然来てくれて本当によかったね？」
　ようやくいつもの雰囲気の渉くんに戻ってほっとした。
「うん。先生が来てくれなかったら私どうなってたんだろう」
　想像するだけで身震いする。
　あいつらの笑い声、息遣い……。
　さっきのことが、まだ生々しく脳裏に焼き付いている。
「助けたのが先生だと知ったら、蒼空のやつまた怒るだろうなぁ……」
「でももう蒼空は私のことなんてなんとも思ってないんじゃ……」
「そんなことあるわけないじゃん！　彩ちゃんを忘れたことなんか一度もないと思うよ！」
「そうかな……最近水原さんと仲良いって聞いたんだけど」

「あー……」
　渉くんは苦笑いしながら斜め上を見上げた。
　やっぱり本当だったんだ。
「仲良いってかね……今水原さん、俺らと同じバイト先で働いてんだよ」
「え!?」
　水原さんが蒼空と同じバイト!?
　いつの間に!!
「渉くんたちのバイトって……ファミレスだったよね？なんで急に水原さんが……」
「わかんないけど、たぶん蒼空がいるから働き始めたんじゃないかなぁ……ほら、水原さんってずーっと蒼空ひと筋だったでしょ？」
「そう……みたいだね」
　だから職員室で松林先生と一緒にいたのを見たときすごく怒ってたんだ。
　でもあれは勘違いなのに……。
　私だって蒼空ひと筋なのにっ。
　渉くんは私の顔を覗き込んでニヤリと微笑んだ。
「彩ちゃんも働いてみる？」
「え!?」
「蒼空のこと、まだ好きでしょ？」
「そりゃ……」
　もちろんに決まってる。
　まだ好き……じゃなくて、今もこれからもずーーっと

好きだよ。
「それなら水原さんを近づけちゃダメでしょ。彩ちゃんも蒼空のこと諦めたくないならその気持ち伝えなきゃね」
「う、うん……」
「店長には俺から言っとくからさ。軽い気持ちでやってみなよ」
「わかった……」
　とは言ったものの、本当にいいのかな。
　距離を置きたいって言われたのに勝手に近づくようなことして蒼空に嫌われないかな……。
　でもそんなこと言ってる場合じゃないよね。
　水原さんは本気で蒼空を狙ってるし。
　私だって蒼空にまた振り向いてもらわないと！
　それに……もうすぐ蒼空の誕生日だし。
　バイト代でプレゼントも買いたい。
　渉くんの言う通り、後悔しないように伝えたいこと言わなきゃ！
　私は固く決心した。

諦めたくありません。

　渉くんから紹介されたバイト先のファミレスは、うちからは結構遠くて電車で30分もかかるところにあった。
　ファミレスとうちの間に学校がある感じだから、学校帰りにバイトに行くのは近くていいけど、家までの帰り道が遠くて億劫だな……。
　でも、そんなこと言ってられないよね。
　こうしてるうちにも蒼空と水原さんは距離を縮めてるかもしれないし！
　面接の日、ふたりの姿はなかった。
　ふたりのシフトがどんな感じなのか気になったけど、店長にそんなこと聞けるはずない。
　もちろん同じシフトのときだってあるんだろうな……。
　想像したらモヤモヤが止まらなかった。

　面接はあっさり受かって、いよいよ今日から初アルバイトとなった。
　教室では今日も目が合うことはなくて……。
　本当にもう私のことなんて嫌いになってしまったんじゃないかって思ってしまう。
　もしあのまま付き合ってて、彼女として同じバイトで働くことになってたら……。
　きっと蒼空は私の手を引いて一緒にバイト先まで行っ

て、そして帰りはちゃんと送ってくれたりしたんだろうな。
「大丈夫？」
　ぼーっとしてると、翠と渉くんが心配そうな顔をして私の目の前に現れた。
「あ、うん……ごめん」
　蒼空のこと見てたのバレたかな……恥ずかしい！
「今日からバイトでしょ？　本当に大丈夫なの？」
「うん……頑張ってみる。少しでも蒼空のそばにいたいから……」
「バカだよね〜蒼空も！　なんでまた水原なんかとつるんでるんだか」
　翠はいつも私のために怒ってくれる。
　今回蒼空がバイトしてるファミレスで働くって言ったときも、本気で心配してくれた。
「蒼空には蒼空の考えがあるんだよ。水原さんが無理やりくっついてるだけかもしれないし」
「そんなの追い払っちゃえばいーのに！　前の蒼空だったらそうしてたじゃん！」
　渉くんもいつも気にかけてくれてる。
　ふたりは私が落ち込まないように、明るく振舞ってくれたりもする。
　だからもうふたりに心配かけたくないんだ……。
「ありがとう。正直、蒼空と水原さんが一緒にいるところを見るのは辛いけど……私だって後悔したくないし。できるだけのことはやってみるつもりだよ。少しでも蒼空が私

のことを考えてくれるのなら……もう一度頑張ってみたいと思う」

　私の言葉を聞いて、翠も渉くんも頷いてくれた。

　渉くんに聞くと、今日蒼空と水原さんは私とシフトがかぶっているらしい。

　渉くんもバイトだけど、家の用事があるから２時間だけで帰ってしまう。

　ちょっと心細いけど頑張らないと！

　そう気合いを入れたのに、ファミレスを目の前にして体が硬直してしまった。

「彩ちゃん……大丈夫？」

　一緒に来た渉くんが隣で心配そうな顔をしている。

「だ、大丈夫！」

　ああ。顔が引きつってるのが自分でもわかる。

　蒼空と会っても自然な笑顔作れるかな……。

　すると突然、渉くんが私の両手をとって握ってきた。

「え……わた……るくん!?」

「大丈夫だから。俺はずっと彩ちゃんの味方だから！　辛くなったら無理しないで言ってね？」

「う、うん……」

　私ってばバカだな……渉くんは私のこと心配して言ってくれてんのに！

　勘違いしそうになっちゃったよ。

　いつもと雰囲気が違う渉くんの様子に少し戸惑ってしまった。

でも両手はしばらく握られたままで、いつ手を離していいのかわからなくなった。
「渉くん……手が……」
「あ、ごめんっ!! じゃ、行こうか」
　私の手を離すと店の裏口のドアを開けた。
　ドキドキがピークに達する。
　ドアを開けた瞬間、通路にいた水原さんと目が合った。
「榎本さん!? どうして……」
「あ、あの……」
「今日から入る新人って、榎本さんのことなの!?」
　水原さんはものすっごく嫌そうな顔をしていた。
　思ってることが顔に出まくっておりますが。
「そうなんだよ、俺が紹介してさ」
　渉くんが間に入ってくれたからほっとした。
　水原さんに対しても、うまく笑えないと思うから……。
　それにしても、スタイルいいからウェイトレス姿がよく似合う。
　こんなに可愛い子がそばにいたら誰だってときめいたりするよね。
　蒼空だって……。
　ぁあ～! 余計なこと考えるのはナシ!
「そうなの……元彼にまだ未練あるようだけどストーカーみたいなことはしないでよね」
「ちょっ、元彼って! 彩ちゃんたちはまだ……」
　咄嗟に渉くんの服を引っ張った。

「渉くんっいいから……」
「でも‼」
　水原さんは私の顔を睨むと、厨房(ちゅうぼう)の方へ歩いていった。
　心臓がバクバクしている。
　元彼というフレーズが胸に突き刺さった。
　もしかしたら……蒼空は水原さんに私と別れたとでも言ってるのかな。
「水原さんって本当性格悪いよ……あんな子のどこが可愛いんだかわかんないね！」
「水原さんは……可愛いよ……」
　思ってることをズバズバ言う性格だけど、まっすぐに蒼空だけを見ている。
　私も蒼空だけを見ていたつもりだけど……。
　もっとちゃんと蒼空のこと思いやって、信じればよかったんだ。
　彼女失格だったよね……。
「そうかな。俺は彩ちゃんの方が何倍も可愛いと思うけど」
「ははっ……ありがと」
　こんなときも気遣ってくれるなんて……渉くんって本当に優しいな。
　スタッフルームに入ると、店長さんが待っていた。
　そして奥には見覚えのある横顔……。
　蒼空と目が合う。
　こんなにちゃんと目が合ったのはいつぶりだろう。
　蒼空は驚いた様子でこちらに見入っていた。

「榎本さんおはよう、今日からよろしくね」
「あ、は、はいっ」
　思いっきり挙動不審だ。
「桐谷くん、今日から入ることになった榎本さん。同じ学校だし知ってるんでしょ？」
　店長さんに振られ、蒼空は意味がわからないといったような顔をしながら「はぁ……」と言っていた。
　すごく驚いてるみたい。
　こんなことして、呆れてるかな……。
「仕事の流れはベテランの桐谷くんと長谷部くんにまかせたから、あとのことよろしくね」
　そう言って店長は吸っていた煙草を消し、スタッフルームを出ていった。
　店長にいてほしかったのに……。
　３人だけになった部屋は静まり返り、気まずい雰囲気が漂っている。
「なんで彩が」
　蒼空の口から私の名前が出てきてドキッとする。
「俺が紹介したんだよ、彩ちゃんバイト探してたんだよね？」
「あ、う、うん……」
　渡されたユニフォームをぎゅっと握りしめた。
　こんな嘘……蒼空にはすぐバレそうだけど……。
「へぇ……俺先に行ってっから。こいつの指導はお前にまかせた」

「なんでだよ！　店長からお前も頼まれただろ!?」
「そんなめんどくせーことしてらんねぇよ。それにここ紹介したのは渉だろ？　俺は関係ない」
　冷たい視線でこちらを見てくる。
　この人……蒼空なの？
　あの優しくて目が合えばいつも笑ってくれてた蒼空は……どこへ行ったの？
　これじゃまるで、付き合う前の蒼空に戻っちゃったみたい。
　そうか——。
　やっぱり私たち、もうダメなのかな……。
　私はぐっと下唇を噛みしめた。
「ご、ごめんね？　蒼空には迷惑かけないからっ……私のことは気にしないで……」
　バタンッッ！
　私の言葉を最後まで聞かないまま、蒼空はスタッフルームを出ていった。
　やばい。
　想像以上に精神的にくる。
　目頭が熱くなってくるのがわかった。
　フッと、視界が暗くなったと思ったら、渉くんが軽く抱きしめてくれた。
「我慢しなくていいよ。しばらく誰も来ないだろうし、今のうちだよ」
　そんな優しい言葉、今の私にかけないでほしかった。

頑張ろうと心に決めたのに、蒼空のひと言で簡単に崩れてしまう。
　こんなんじゃダメなのに……。
　私は渉くんの胸の中で声を殺して泣いた。

　メイクを直して、私はホールに出た。
　泣き言なんか言ってられない。
　ファミレスの仕事は予想以上に沢山あって、他のことなんか考える余裕なかった。
　ちょうどよかったかもしれない……。
「一気に説明したけどわかったかなぁ……」
　渉くんが隣でハンディを持ちながら教えてくれている。
「うん、だいたいは……とりあえず注文とり終わったら厨房に飛ばせばいーんだよね？」
「そうそう。あとわからなくなったら俺とか他のやつにどんどん聞いて？」
「うんありがとう……」
　すると渉くんが耳元で、
「また辛くなったらいつでも言ってよ？　具合悪いとか言って帰ってもいいんだから」
　と、小声で言ってくれた。
　私はそれに対して笑顔で頷いたけど……そんな中途半端なことはしたくない。
　やるって決めたんだから最後まで頑張らなくちゃ。
　蒼空にまた振り向いてもらえるように、頑張るんだ彩！

それからは必死だった。
　夕方から店も混み合ってきたせいか、休んでいる暇もなくて。
　当たり前だけど蒼空と話すどころか、目が合うこともない。
「榎本さん、これ３番ね！」
「はいっ！」
　一気に沢山の料理を運ぶのはまだ慣れていない。
　落としたら大変だし、慣れるまでひとつずつゆっくり運ばないと……。
　そのとき、わきから手が伸びてきて私が持とうとしてた料理たちが全部なくなった。
「そんなにのんびりしてたら冷めるんだけど」
「水原さんっ」
　水原さんはお盆の上にお皿を３枚くらい乗せ、そしてもう片方の手でもうひとつお皿を持った。
　す、すごい……。
「こんな忙しいときにチンタラ動かれたら邪魔なのっ」
　そんな捨て台詞を残してホールへ行ってしまった。
　チンタラ……。
　確かに私はのんびり屋だけど……。
　これでも初日から頑張ってる方だと思うのにな。
「彩ちゃんって愛奈ちゃんの友達？」
　そのとき、厨房から料理長のおじさんが声をかけてきた。
　確かこの人……高橋(たかはし)さんって人だったっけ？

「友達っていうか……同級生です」
「そうか、彼女のみこみ早いよね。まだ入って1週間くらいなのにもうベテランなみに動けてるんだから」
「そうなんですか!? まだ1週間!?」
「身なりからしてそんなにテキパキしてそうな子に見えなかったんだけどね〜人ってわからんもんだよ。それに顔もいいから客ウケもいいしな」
「そう……ですよね」
　外見もよくて頭もキレて要領もよくて……。
　もう何も言うことないじゃん。
　なんだか余計に惨めな気持ちになってしまう。
「榎本さん！　そっちいいから8番バッシングしてくれる!?」
「は、はいっ!!」
　もたもたしている暇はない、今は働かなきゃ！
　私も早く慣れて、水原さんみたいにもっと動けるようになりたい。
　18時ごろになり、混雑のピークを迎えた。
　片付けたと思えばすぐに次のお客さんがやってくる。
　本当に目が回る仕事だな……。
　バッシング中、食べ終わった食器をお盆の上に何重にも重ねてみた。
　このくらいだったら持っていけるかも。
　練習しなきゃね……。
　そう思ってお盆を片手で持ち上げた瞬間。

予想以上に重くてバランスを崩してしまった。
　や、やばいっ食器が……。
　ガシャンッ！
「おいっ……」
　そのとき、後ろから誰かがお盆を支えてくれて、お皿は床に落ちなくて済んだ。
「ありがとうございま……」
　振り返るとそこには蒼空がいて。
　助けてくれたのは蒼空だったんだ！
　胸がドキドキと高鳴りだす。
「何やってんだよっ」
「ご、ごめん……」
「慣れてねぇんだからこんなに重ねて持っていくんじゃねーよ」
　蒼空はそう言ってお盆の上で倒れたお皿や入れ物を直して持ってくれた。
　やばい。助けてくれたのがすごく嬉しくて……。
　きっと私、顔が赤くなってる。
「ごめんね……」
「つーかそのユニフォーム……」
「え？」
「他のやつのより短くね？」
　蒼空は私のスカートの方を指差した。
「み、短いかな？」
「みじけぇよ。屈んだらパンツ見えんじゃん。下にショー

パンでも履けば?」
　そう言ってスタスタと厨房の方へ行ってしまった。
　普通に話せたのはいいけど……。
　ユニフォームのことなんてどうでもいいのに!!
　って、そんなにスカート短いかな!?
　他のウェイトレスを見てもあんま変わらない気が……。
　それに水原さんなんてもっと短くしてるし。
　あ、水原さんは足が細くて綺麗だからいいけど私は醜いから見せんなってこと?
　それだったらショックすぎる……。
　蒼空なんてウェイターの格好がキマっててかっこよすぎるよ……。
　それにあんな助け方するなんてズルいな本当に。
　ときめかないわけないじゃん。
　他の子にもこんな風に助けたりするのかな……。
　再びモヤモヤが心の中に広がった。
「榎本さん、上がっていいよ。お疲れ様〜」
　20時半になり、店長がタイムカードを渡してきた。
　その瞬間、どっと疲れが溢れでてきた。
　初日からハードで疲れる……。
　そして蒼空や水原さんも同じ上がりの時間のようでスタッフルームに入っていった。
　気まずいな……と思っていたら、後ろから料理長の高橋さんが声をかけてくれた。
「お疲れさんっ」

「お疲れ様です！　高橋さんも上がりですか？」
「おう、俺はいつもこの時間に上がりだからな」
　ふたりでスタッフルームに入ると、蒼空と水原さんが隣同士で着替えているのが目に入った。
　女子はカーテンで仕切られているところで着替えると思っていたからそれにはびっくりして……。
　同時にすごくショックを受けた。
　ふたりはごく自然に、当たり前のように一緒に着替えていて。
　蒼空も見慣れている様子だったから。
　ふたりはもうそういう仲なのかもしれない……。
「いやー、変なときに入っちまって悪かったな」
　横で高橋さんがガハハと笑っている。
　渉くんが先に上がっちゃって不安だったけど、高橋さんがいてくれてよかった……。
　私ひとりだったら、きっと動揺してしまっていた。
「ヤダ、私こそすみません。うっかりここで着替えちゃって……蒼空の前では慣れてるからつい……」
　な、何それ……。
「こら、お前らここでいちゃつくなよー？　他のスタッフもいるんだからな、ふたりだけの世界じゃないぞー？」
「わかってますよ～！　ねー？」
　水原さんは蒼空の方にくっついたけど、蒼空は何の反応もせず、着替えていた。
　蒼空……何も言わないの？

否定しないの!?
　私はカーテンで仕切られた狭い場所の中でしゃがんで動けなくなっていた。
　今ここで泣いちゃダメだ……。
　泣くな……。
　泣くな!
　着替え終わるとすでに水原さんと蒼空の姿はなかった。
「ふたりは帰ったよ。彩ちゃん、俺車だから送ってくかー?」
「え……」
「その顔じゃ電車に乗りづらいだろ?」
　やっぱり……高橋さんには気づかれた。
「何があったのか知らんけど……辛いな〜ああいうところ見せられると」
「は……い」
　再び涙が溢れでてくる。
　高橋さんは私の頭をポンポンと撫でてくれた。
　あー。メソメソしたくないのに。
　こんなことになるってわかってたのに。
　しっかりしなきゃ。
　帰りは高橋さんが送ってくれたから助かった。
　泣きはらした顔、色んな人に見られなくて済んだ……。
　家に着いて車から降りようとしたとき、高橋さんがボソッとつぶやいた。
「蒼空くんな、さっき帰るとき俺にこっそり頼んできたんだよ」

「え?」
「彩ちゃんを送ってくれってな」
　高橋さんはにっこりと笑っていた。
　心が一気に温かくなった。
　蒼空……私のことを思って言ってくれたの……?
　私、もうちょっと頑張ってもいいのかな……?
「彩ちゃん、頑張れよ!　俺応援するからさ」
「はい……ありがとうございます!」
　ぺこっと頭を下げると、高橋さんはクラクションを鳴らして帰っていった。
　翠に渉くんに高橋さん……。
　みんな私の背中を押してくれている。
　もう泣いてなんかいられない。
　私は星ひとつない夜空を見上げて下唇を噛みしめた。

もう一度好きになってください！

　ファミレスのバイトを始めて１週間が過ぎようとしていた。
　仕事にも慣れてきて、お皿を一度に沢山持てるようになった。
　蒼空とは相変わらず挨拶程度しか話せていないけど……仕事のことでも話しかけられるとものすっごく嬉しい。
　この日もシフトがかぶってて、少しウキウキした気分でスタッフルームに入った。
「おはようございまーす」
　中に入ると、蒼空の他にふたりの男の従業員がいた。
「あ、榎本さんおはよ」
「おはよー」
　ここの人たちは愛想もよくていい人たちばかり。
　水原さんを除いては、みんな気さくに話しかけてくれる。
「はよ……」
　蒼空とも目が合って、ドキッとした。
「お、はよう」
　声裏返った。
　これじゃ動揺してるのバレバレだよーっ。
　私ってばいつになったら慣れるんだろう。
　でも無視されなくてよかった……。
　カーテンで仕切られたところに入って着替えていると、

3人が話し始めた。
　つい聞き耳をたててしまう。
「……で、水原さんと付き合ってんのかよ!?」
　着替える手が止まった。
　知りたいようで、知りたくない真実。
　蒼空はなんて答えるんだろう……。
「付き合ってねぇよ」
「はぁ!?　あんなにいつも一緒にいんのに!?」
「いつも一緒にいるわけじゃねーし」
「またまたぁ～!　でも水原さんに好かれてるのは間違いねぇよなー!　マジ羨ましい～!」
　そのあとも彼らは水原さんの魅力を存分に語りまくっていたけど、蒼空がそれに賛同することはなかったし、口数も少なかった。
　それに対してものすごくほっとしている。
　付き合ってるわけじゃないんだ……。
　スタッフルームを出ていく音がしたので、私もそっとカーテンを開けると蒼空がひとりでいたからびっくりした。
　椅子に座ってスマホを見ている。
　この光景……なんかデジャヴ。
　そして私の顔を見上げた。
「何驚いてんの？」
「え……あ、誰もいないのかと思ったから……」
　蒼空は再びスマホを見始めた。

誰かとメールしてるのかな……水原さん……？　それとも違う女の子？
　気になって仕方がない。
　そんなことより、ふたりっきりになれるチャンスなんてあまりないんだし、何か話さなきゃ！
「お前、なんでバイト始めたの？　何かほしいもんとかあんの？」
「えっ……ほしいものっていうか……」
　蒼空がいるからここのバイトを始めたってこと……気づいてないんだ！
「この店彩んちから遠いじゃん。もっと近くに働くとこ色々あんじゃねーの？」
「うん……そうなんだけど……あっ蒼空何かほしいものない!?」
「は？　俺？」
「そう！　もうすぐ誕生日でしょ!?　だからっ……」
「いらねーよそんなの」
　蒼空は立ち上がって、スタッフルームを出ていこうとした。
「お願いっ……何か考えて？」
「なんでだよ……」
「え？」
「だってお前……」
　ガチャッ！
　そのとき、店長が入ってきた。

「ごめんふたりとも、17時からだけどもう来てくれない？ 結構混んできちゃって」
「あ、はいっ……」
　蒼空も頷いて店長の横をすり抜け、行ってしまった。
『だってお前……』のあと、なんて言おうとしたの？
　それからバイト中もさっきのことが頭から離れず、気になって仕方がなかった。
「7番のオーダー取りに行ったやつ誰だよ!?」
　従業員のひとりがイライラした様子で私たちに言った。
　7番……私だ‼
「あっ私です‼」
「榎本さん!?　お客さんからクレームきてるよ！　ちゃんとオーダー飛ばした!?」
「えええ！」
　やばい、飛ばしてないかも……。
「す、すみません‼」
「いいから7番のお客さんに謝ってもう一度オーダーとってきて！」
「はいっっ」
　うっうーやらかした……。
　蒼空のこと考えてたからだぁー‼
　7番のお客さんは4人組の怖──っいおばさま軍団で話しかけづらい。
　すっごい盛り上がってて声も大きいし、私の声なんかかき消されそう……。

「あ、あのっ……」
「え？」
　私が話しかけると４人が一斉にこちらを見た。
　おっ。話聞いてくれそう。
「申し訳ございません、こちらのオーダーミスがありまして……もう一度ご注文を確認してもよろしいでしょうか」
　そう言うと、手前に座っていたおばさんが目の色を変えて私を見てきた。
「オーダーミス!?　ってことは、今から作るの!?」
「あ……はい」
「はいじゃないわよっ！　ただでさえ混んでてずっと待ってるのに、まだ待たされなきゃいけないの!?」
「すみま……」
「それにそっちのミスなのに何もサービスはないわけ!?」
　その言葉に他の３人のおばさんたちも「そうよねぇ！」と賛同していた。
　え、サービスって……!!
「お客様大変申し訳ございません、僕からもお詫び申し上げます」
　そのとき、蒼空が隣に来て綺麗な一礼を見せた。
「そ、蒼空……」
「蒼空くぅ～ん!!」
「蒼空くぅ～ん!!」
　え。
　私の声はおばさんたちの黄色い声によってかき消されて

しまった。
「蒼空くぅんっ待ってたのよ〜！　混んでるみたいだしあなたどこにいるのかわからなくてぇ〜」
　私への態度とは真逆の態度で驚いた。
　声もなんだか気持ち悪い裏声……。
　でも蒼空の顔は笑顔のまま。
「僕は皆さまがいらっしゃってたこと存じ上げてましたよ。挨拶が遅れてしまって申し訳ありません」
　ぼ、僕!?
　何この言葉遣い！　そして嘘くさい笑顔!!
　だけど、おばさまたちの目がハート。
　この店の常連客なのかな？
「おい。あとは俺がなんとかするからお前あっち行ってろ！」
　蒼空が私の耳元でそう囁いた。
　顔が近づいてきて、こんなときなのに心臓が早鐘を打っている。
「うんっ……ごめんっ」
　私は急いで厨房へ戻った。
　はぁ……蒼空が助けてくれなかったら私どうなってたんだろう。
　あのおばさんたちすごい迫力だったし、『店長出せ！』とか言ってきそうだな。
　本当に助かった……。
　蒼空には何度助けられてるんだろう。

さっきのおばさんたちと楽しそうに話している蒼空を見て、また胸が苦しくなった。
　やっぱり好きだよ……。
　大好きだよっ……。
「おはよう」
　突然そう声をかけてきたのは水原さんだった。
「お、おはようっ……」
「何驚いてるの？」
「いや、別に……今日18時からだったんだね」
「そうだけど。悪い？」
　あまり嬉しくないな……なんてこと言えないけど。
「ねぇ。あなたたちって別れたんでしょ？」
「え？」
「お願いだから、私たちの邪魔しないでほしいの」
「じゃ、邪魔……って」
「最近私たちいい感じなの。見てればわかるでしょ!?」
　そりゃ……前よりも親密な仲になってるのかなって感じはするけど……。
　認めたくない。
「さっきの見てたけど……蒼空はあなただから助けたわけじゃない。いつもみんなのことを助けてるんだから」
　みんなのことを……。
　私だけじゃないって、そんなことわかってたけど。
　水原さんは私を見てフッと笑った。
「自分はまだ特別な存在だと思ってたの？　残念だけど、

蒼空の中であなたは消えかけてる。いえ、もう消えてるかもしれない」
　そう言って水原さんが私に見せたのは……。
　これって……。
　蒼空のピアス!?
　水原さんの手のひらの上にあったのは、私にくれたお揃いのピアスだった。
　私の耳にピアスを開けた日……。
　そう、付き合った日にくれた大切なもの。
「これ、あなたとお揃いで付けてたみたいだけど……捨てといてって言われたの」
「嘘っ!　蒼空はそんなことしないっ」
「それはどうかな。本人に聞いてみたら？」
　そんな……蒼空、本当に!?
「あっちはもうなんとも思ってないんじゃない？　だから榎本さんも早く新しい恋見つけたら？　そうすれば蒼空のことだって忘れられるでしょ」
　そう簡単に忘れられるわけがない。
　思い出になんかできないっ。
「これ、いらないみたいだから捨てとくから」
　そう言って近くにあったゴミ箱にピアスを放り投げた。
　う……そ！
　私は急いでゴミ箱を覗いたけど、沢山のゴミが入ってて奥まで探ってみないと見つからなさそう。
「ちょっと……仕事中にそんなとこに手突っ込まないよ

ね？　不衛生なんだけど」
　私はキッと水原さんを睨んだ。
　どうしてこんなこと簡単にできるのっ。
　いくら蒼空のことが好きだからってこんなこと……やりすぎだよ！
　この人は私のこと……どれだけ恨んでるんだろう。
　そのときふと思い出した。
　先日私のことを襲いかけた３人の男子……。
　あの子たちの他にも共犯者がいるみたいだった。
　もしかしたらそれって、水原さんのことじゃ!?
　水原さんがあの男子たちに頼んだのかもしれない！
　この人ならやりかねないっ！
「あのっ水原さん!?」
「あーいたいた。榎本！」
　突然名前を呼ばれ振り返ると、そこにいたのは松林先生だった。
「先生!?　どうしてここに!?」
「榎本がここでバイトを始めたって土屋から聞いてさ。ちゃんとやってるのか様子見に来たんだよ」
　み、翠～～～!!
　翠には先生から告られたこと言ってない……。
　だからしょうがないんだけどね……。
　この前のことがあってから、先生とうまく話せずにいた。
　だって、どんな顔して話したらいいのかわからないんだもん……。

「この前のこと気にしてるのならごめん……あんなときに。俺どうかしてたな」
「い、いえ……」
　そのとき、隣で聞いてた水原さんが笑顔で近寄ってきた。
「この前のことってなんですかぁ？」
「べ、別に……水原には関係ないだろっ」
　先生が焦っているから余計怪しまれてる。
　水原さんには絶対知られたくない！
　ホールから蒼空が戻ってきて、こちらの様子に気がついたようだった。
「あっ蒼空！　聞いてよ！　松林先生、榎本さんのことが心配でわざわざ来たんだってよぉ？　愛だよねー！」
　み、水原———っ!!
　余計なことをっ！
　すると蒼空は松林先生を見て鼻で笑った。
「へぇ。あんた仮にも教師でしょ。すげぇ大胆なことすんね？　バレたらやばいんじゃねーの？」
　平気な顔して笑っている。
　どうして笑っていられるの……？
「お前らっ……俺はただ榎本の様子が気になって寄ってみただけだ！　帰り道だったしな」
「ぇえ!?　先生焦ってる？余計怪しいんですけど！　もう榎本さんと付き合ってたりして」
　水原さんが冷やかすように言ってきた。
　隣にいる蒼空もただ笑っているだけ。

前だったらありえなかったよね……。
　きっと怒ったり不機嫌になったりしてたと思う。
　本当に私のこと……どうでもよくなっちゃったんだ。
　そのあとも水原さんの言うことに先生はタジタジだったけど、何を話してるのかわからなかった。
　ただ覚えてるのは、蒼空の笑顔だけ。
　私が先生と付き合ってたとしても……きっとなんとも思わないんだね。
「榎本さーん、今日20時上がりでしょ？　家遠いんだから先生に送ってもらったら？」
「え……？」
　ショックで水原さんの言葉も耳に入ってこなかった。
　いつの間にか蒼空はその場にいなくて。
「そーなのか？　じゃそれまでここで飯でも食ってるから」
「え！　大丈夫です！　私ひとりで帰りますからっ」
「お前ここから遠いんだから危ないだろ。遠慮すんな」
　そう言って半ば強引に決められてしまった。
「フフッ榎本さんもやるわね。先生と付き合ってるなんて」
　先生がいなくなったあと、水原さんが耳元で笑いながら言った。
「付き合ってなんかないっ……」
「ムキになるところが余計怪しいよ？　でもよかったね、蒼空を忘れさせてくれる人ができて。私このことは学校には内緒にしててあげるから」
　そう言って足取り軽やかにレジの方へ行ってしまった。

こんな勘違い、蒼空にはしてほしくなかった……。
　私がもたもたしてるから悪いんだよね、先生にはちゃんと断らないと。
　ゴミ箱を漁ると、水原さんがさっき捨てたピアスを見つけた。
　蒼空はいらないものだと思ってても、私には大切なものなんだ……。
　絶対に捨てることはできない。
　私はピアスをそっとポケットの中に入れた。

　20時になり、ホールを見渡すと先生は約束通り待っていてくれて……。
　コーヒーを飲みながら本を読んでいるようだった。
　蒼空もいるのに、目の前で先生と一緒に帰りたくない。
　やっぱりちゃんと断ろう。
　着替えようとスタッフルームに入ろうとしたらドアのところで蒼空とバッタリ会ってしまった。
　突然のことに言葉が出てこなくて。
　でも精一杯の笑顔は作った。
「お、お疲れ様っ！」
「お疲れ」
「お先……するね？」
　蒼空と入れ違いで部屋の中に入ろうとしたら……。
　手首を掴まれた。
「えっ」

「あいつと帰んの？」
「あ……」
　蒼空がまっすぐに私を見つめてたから、動けなくなった。
「行くなよ」
　その言葉と同時に蒼空が私の手首を引っ張った。
　そして、スタッフルームの中のカーテンで仕切られたスペースに無理やり連れ込まれた。
　人がひとり余裕で入れるくらいの場所だったけど、ふたりで入ると結構狭くて。
　蒼空とは密着する形になった。
　何これ何これ……。
　頭の中が真っ白になったのと同時に、強引にキスされた。
　久々に感じる蒼空の体温と、唇の温かさ。
　そして蒼空の香り。
　そのすべてを体が覚えていて、私は鳥肌が立った。
　嬉しいときも鳥肌って立つんだ……。
　でも蒼空はなかなか唇を離してくれなくて、苦しくなってきた。
「そ……らっ」
　やっと離れたと思ったら、蒼空は伏し目がちにつぶやいた。
「あいつともキスした？」
「先生と!?　してないよ！」
「……そっか」
　蒼空は私の唇をそっと触った。

「今日は俺が送る」
「え!?」
「松林には俺から言っとくから」
「え、だって……蒼空今日は21時までじゃ……」
　嬉しい。すごく嬉しくて心が弾む。
「大丈夫だから気にすんな」
「でも店長困るんじゃない!?」
「店長の弱み握ってっから、早退したってなんも言われねーよ」
　蒼空は企んでるような顔つきをしてニヤリと微笑んだ。
　弱みって……。
　この人やっぱり腹黒い。
「着替えて待ってろ」と言い放ち、蒼空はスタッフルームを出ていった。
　一気に気が抜ける。
　どうしよう……蒼空が送ってくれるなんて夢にも思わなかった。
　水原さんには邪魔するなって言われたけど……。
　私だって必死だもん。
　やっぱり蒼空のこと諦めきれないよ。
　少しの可能性がまだ残ってるのなら、頑張りたい。
　着替え終わるのと同時に、蒼空が再びスタッフルームに入ってきた。
「あ……大丈夫だった？」
「店長？　余裕〜。ふたつ返事だったし」

「違くて……松林先生は？」
「気になんの？」
　蒼空が目の前で着替え始めた。
　どこを見ていいのかわからなくて、うろたえてしまう。
　別に裸になってるわけじゃないのに、このくらいで何動揺しちゃってんだろう……。
「き、気になるっていうか……一応約束してたから……」
「松林に送ってもらった方がよかった？」
「ううん‼　蒼空がいい！」
　力が入って思わず声が大きくなってしまった。
　それに対して蒼空はこっちを見てクスリと笑う。
　蒼空が私に対してこんな笑顔を見せてくれたのはいつぶりだろう……。
　着替え終わり、店の外に出ると蒼空が近くの公園に行きたいと言いだした。
　もしかして蒼空は今日けじめをつけるつもりなのかもしれない。
　距離を置くと言ってから、ふたりの関係はあやふやだったもんね。
　私は覚悟を決めて頷いた。

　夜の公園は暗く静まり返っていて、少し怖いくらいだった。
　街灯の下にあったベンチに座ると、隣に蒼空も座った。
　お互い沈黙のまま時間が過ぎていく。

何か話さなきゃ……。
「あのっ…」
「あのっ…」
　ふたりの声が重なった。
「あ……蒼空からどうぞ」
「お前から言えよ」
「あ、あのさ……水原さんのこと……好きなの？　もしそうなら私に気遣わないで言ってほしい」
「はぁ!?　ありえねーから」
　かなりでかい声で否定された。
「でも……ふたり仲良さそうだし……ほら、一緒に着替えてたりして……」
「ああ。別にあいつのことなんてどうでもいいから。最近やたらとしつこく付きまとわれてたけど……あいつは何回言っても懲りないやつだからめんどくさくて放置してたんだよね」
「そうなの？」
「あいつが素っ裸になったとしても何も感じねぇし」
「え、嘘！」
　それは嘘なんじゃないかな……。
　でもそう言ってくれて嬉しい自分もいる。
「嘘じゃねぇよ。嘘ならとっくに水原とやってたかもな」
「そ、そうなんだ……」
「お前と付き合ってから……他の女なんて女として見れなくなった」

ベンチの背もたれに両手をかけ、蒼空が私の方を見た。
　ドキンと胸が高鳴る。
「やっぱ俺は彩じゃないとダメかも」
「蒼空……」
「でも……お前はどーなの？　松林のこと好きなんだろ？」
「え!!　なんでそうなるの!?」
「そーじゃねぇのかよ、いつもあいつのこと気にしてたくせに……」
　あ……蒼空はただヤキモチを焼いてただけなんだ。
　それなのに私、蒼空のこと何も考えてなかった。
　本当の気持ちはずっとここにあったのに。
　私は蒼空の腰に手を回して抱きしめた。
「え、何すん……」
「ごめんね蒼空。先生のことは本当になんとも思ってないんだ。変な勘違いさせちゃって本当にごめん。私が好きなのは蒼空だけだよ」
　意地張ってないで、最初からこんな風に素直に言えばよかったんだ。
　こんな簡単なことだったのに、ずっと言えずにいた。
　無言のままの蒼空。
　そっと離れてみると……。
　突然蒼空が立ち上がり、そっぽを向いてしまった。
「どうしたの!?」
　私、なんか変なこと言ったっけ!?
「あー……マジで俺ってガキ」

両手で顔を覆って、俯いている。
　そして指の隙間からこっちを見た。
「彩に抱きしめられただけでもうかなり舞い上がっちゃってんだけど」
　照れてる蒼空を見て、更に胸が熱くなった。
　これが俗に言う胸きゅん……ですか。
「本当はさ……彩がうちでバイトするって知ったとき、すげー嬉しくて。でもお前はもう俺のことなんとも思ってねぇんだろうなって思ったから……あまり近づかないようにしてた。これ以上好きになんねぇようにって思って」
「なんでそんなこと思うの!?　私、蒼空がいるからあのバイト始めたのに！　水原さんと仲良いから……私も頑張ってまた振り向いてもらいたくて」
　すると蒼空は両手で私の顔を挟んだ。
　てか、タコみたいな口になって恥ずかしいんですけど！
「んなことしなくても、とっくに振り向いてるって。ずっと向きっぱなしだっつーの！」
「う、うん……わかったから手離して……」
「離さねぇ〜〜〜」
「ちょっとぉおおお」
　口が激しくタコチューになっていく。
　そして次の瞬間、チュッと軽く唇にキスされた。
「これからはさ、思ってることは素直に全部言えよ？　俺も言うから」
「うん……」

顔が近すぎて緊張する。
　私より蒼空の方が顔が小さいような……。
　こんなときにそんなことを思ってしまう。
「はぁ……でも松林のやろー、俺らが距離置いてるのをいいことに彩に近づきやがって」
　ドキッとした。
　そういえば……松林先生に告白されたこと、まだ蒼空に言ってない。
　でもせっかくいい雰囲気なのに怒らせるようなことしない方がいいよね……。
「あ？　なんかまた考えてるだろ？」
　蒼空が首をかしげて私の顔を覗き込んだ。
「か、考えてないって！」
「本当かよ。怪しー」
「怪しくない！」
「ま、いーや。俺が守ればいいだけだもんな」
　そう言って私の頭を自分の胸の方へと抱き寄せた。
「蒼空っ……苦しい……」
「何があっても離れないって誓えよ？」
「うん……誓う」
　蒼空がこんなこと言うなんてね。
　私が不安にさせちゃってたんだよね……ごめんね蒼空。
　そしてこんな私を見捨てないで、好きでいてくれてありがとう……。

Part♡4

彩の隠し事【蒼空side】

　朱里に似てんな……。
　彩の第一印象は地味な女。
　見るたびに朱里を思い出してイラついた。
　それなのに彩のことをこんなに好きになるなんて想像もしてなかった。
　どこが好きなのか？
　たまに他のやつらに聞かれるけど、答えらんねぇんだ。
　どこって言われても……。
　どこなのか自分でもよくわかんねぇ。
　こんなこと彩に言ったらぶっ飛ばされそうだけどな。
　でも……俺はあいつじゃないと気持ちが満たされなくなっていた。
　体の関係がなくても、彩といるだけでいつも俺は腹いっぱいだった。
　なんなんだろうな、この感覚。
　自然と彩に惹かれていた。
　キスする瞬間に見せる、あの挙動不審な目。
　あれがすげー好きで。
　特別美人じゃねーけど、なんか可愛いんだ。
　これは俺だけの秘密にしていたい。
　そんな俺の彩が、最近モテている。
　松林はともかく……。

渉も彩のことが好きなのかもしんねぇ。
　確信はねぇけど、男のカン……だな。
　小さい頃からずっとそばにいるし、なんかわかるんだよ。
　お前のたまーに見せる嘘の笑顔、俺が見抜けないとでも思ってんのか？

「彩ちゃんとより戻った？　それはよかったね〜」
　渉が俺の部屋でゲームをやりながら笑っている。
　嘘の笑顔。
「お前にも色々と迷惑かけたな」
「別にー？」
「その……あいつ相談とかしてたんだろ？　渉に」
「んー。まぁね。彩ちゃん、俺には相談しやすいんじゃない？」
　……なんかイラッ。
「ま、まぁ……お前男ってか女友達みたいに話しやすかったんだろうな」
「……」
　無言になられると気まずいんですけど。
「彩ちゃんの泣き顔、見てるの辛かったけど……可愛いよね」
「は？」
「蒼空に冷たくされてさー、彩ちゃん泣いてたよ？」
「あんときは俺も余裕なくて……」
「蒼空でも余裕なくなったりするんだ？」

「まぁ……人間ですから」
「そのときさ、俺彩ちゃんのこと思わず抱きしめちゃった」
　コントローラーを置き、俺の方を見た渉はいつもの渉じゃなくて。
　片方の口角を上げてニヤリと笑っている。
「なんだよそれ。俺に喧嘩売ってんの？」
　立ち上がろうとすると、渉がゲラゲラ笑いだした。
「ハハハッ……俺が蒼空と喧嘩!?　勝てるわけないじゃんっ」
「ふざけんなよっ」
「ごめんごめん。蒼空がムキになってるからついね……」
「てめぇっ」
「でも……もうあんな風に彩ちゃんのこと泣かせないでよ」
　突然真顔になる渉。
　いつもの渉じゃねぇから、調子狂うな。
「んなこと、言われなくてもわかってる」
「……ならいいけどっ」
　すくっと立ち上がり「今日はもう帰るわー」と、背伸びをした。
「あのさ……ひとつ聞いていいか？」
「何？」
「お前、彩のこと……好きなんじゃねーの？」
　自分からこんなこと聞いてて、鼓動が速くなっているのに驚いた。
　何ビビッてんだよ……。

渉はフッと笑い、「そんなことあるわけないじゃん」と言って部屋を出ていった。
　お前……。
　今また嘘笑いしただろ。
　渉は幼馴染で親友で。
　そして時々兄のようで。
　渉の女だけは手を出さないと決めていた。
　元カノも含め。
　好きな女もかぶることなんかなかった。
　なんで……。
　よりによって"彩"なんだよ。
　そんで……なんでお前はそのこと俺に言ってくんねぇんだよ。
　渉はいつもそうやって一歩後ろから俺を見てる気がする。
　波風を立てないようにしてんだろうけど……。
　たまにそれがすんげームカつくんだ。

　翌日の朝、駅の改札口を出ると彩の姿があった。
「お、おはよー蒼空……」
　彩は少し照れくさそうに笑って、前髪を触った。
　照れると前髪を触るのは彩の癖だ。
　そんな姿も愛しくて、俺としたことが胸きゅんっつーのをしてしまった。
「はよ……」

よりを戻してから初めて一緒に登校する。
隣に彩がいるのがこんなにも嬉しいとかって。
「ねぇ蒼空……ちょっと聞いてもいい……？」
「ん？」
　突然そう言って俺に見せてきたのは、俺が前に渡したピアスだった。
「これ……水原さんが持ってたんだけど」
「水原が!?」
　実はこのピアスをなくしていた。
　気づいたらなくなってて、家も教室もバイト先も至るところを探したけど見つからなかった。
　なのになんで水原が……。
「蒼空がいらないって言ってたって……」
「はぁ!?」
「やっぱり……嘘だよね？」
「当たり前だろ！　あいつの言葉に惑わされんなっ」
　クソ……水原のやつなに考えてんだよ!?
　彩の顔が一気に明るくなって、ほっとしているのが伝わってきた。
　水原に何言われたのか知らねぇけど、ずっと不安だったんだろうな。
「俺もなくして探してたんだよ……それだけは絶対見つけたくて」
「うんっ」
　笑顔で俺にピアスを渡した。

「でも、これがなくたって俺の気持ちは変わんねぇから……安心しろ」
　彩の頭を自分の胸の方へと引き寄せた。
　ふわっと、彩の髪の香りがする。
　本当はもっと強く抱きしめてーけど……。
「ちょっ……蒼空！　ここ学校の近く!!」
　彩はやたらと周りを気にしていた。
　確かにうちの学校の生徒がチラチラ見てくるけど。
　そんなの別にどうでもいい。
　俺は今抱きしめてーのに。
　でも嫌がってるし我慢すっか……。
「あーあ。ふたりっきりになりてぇーーっ！」
「こ、声でかいっっっ」
　隣で百面相している彩が面白くて可愛くて。
　もっといじめたくなんだよなー。
　そんな彩の顔が、一気に曇った。
　え……？
　その視線の先を見ると。
　うちの学校の男子生徒3人。
　確か……3組の小林と渡瀬と本田……だっけ？
　見覚えがある顔だと思ったら……前にあいつらの女と遊んで、喧嘩になったことあんな……。
　彩の足が完全に止まった。
「何？　どーしたんだよ」
「……」

再びあいつらの方を見ると、こっちを見て笑っていた。
　……なんだ？　あいつら。
「彩、なんかあった？」
「う、ううんっ……別に……」
　笑ってっけど、目が笑ってねぇよ。
　俺は彩の腕を掴んで正面を向かせた。
「あのさ。俺ってそんな頼りねぇ？」
「え……？」
「お前が変なことくらいすぐ気づいてんだよ」
「蒼空……本当になんでもな……」
「なんでもなくねぇだろ！」
　──キーンコーンカーン。
「あっ鐘鳴っちゃったし早く行こ！」
　俺の腕を振り切り、生徒玄関の方へと走っていった。
　なんだよそれ……。
　より戻したのに、結局俺にまた隠し事すんのかよ。
　生徒玄関に行くと彩の姿はなくて、周りの生徒は慌ただしく靴を履き替えていた。
　はぁ……なんかうまくいかねぇな。
　バンッと思いっきり靴箱の扉を閉めた。
「乱暴なやつだな」
　嫌な声が鼓膜に響く。
　目の前には松林が立っていた。
「あ、センセー。おはよーございます」
　愛想笑いは自分でも嫌気がさすくらい癖がついていた。

けど、松林の顔は笑顔ひとつない。
「こんなやつとよりを戻すなんて、榎本もどうかしてる」
　生徒が挨拶してやってんのにこの態度かよ。
「そーっすね？　でもお互い好き合ってんだから放っておいてくださいよ」
「今は……」
　松林の横を通り過ぎようとしたとき。
　俺にはハッキリと聞こえた。
「今はお前の女だが……いつか絶対奪ってやる」
「は!?」
　振り返るとすでに松林の姿はなかった。
　なんだあいつ……。
　マジで頭イカレてんじゃねーの……。
　このまま放っておくわけにはいかねぇよな。
　俺は拳を強く握りしめた。

　昼になり、俺はダチらと購買にやってきた。
　昼飯って気分じゃねーけど。
　授業中も寝てーのに、今朝の彩の顔がちらついてしょうがねー。
「ねぇ。せっかく彩ちゃんと仲直りしたのに一緒にご飯食べないの？」
　隣に渉が来てそう言った。
「あいつとはもともと別に食ってたし……」
「蒼空……なんか悩んでる？」

「え?」
「今日ぼーっとしてるっしょ?」
「んー……彩のことが気になってずっと頭から離れねーんだわ」
「うっわ。重っ!　蒼空の口からそんな言葉が出るなんて!」
　渉はあからさまに嫌そうな顔をしやがった。
「違うって!　あいつさ、俺になんか隠してるっぽくて」
「彩ちゃんが隠し事?」
「今朝3組の本田たちに会ったときさ、彩の態度がおかしくて。聞いてもなんもねーっていうし」
「本田って……前に蒼空がそいつの彼女と遊んだからって色々もめたやつだよね?」
「あーそうそう。よく覚えてんね?　あと小林と渡瀬」
　そう言った瞬間、渉の顔つきが一瞬にして変わった。
「……どーした?」
「蒼空さ……自分がやってきたこと、もう一度思い返してみろよ……」
「へ?」
　すると今度は俺の胸ぐらを掴んできた。
「お前が悪いんだよっ!　お前のせいで彩ちゃんはっ」
「は!?」
　こんなに感情をあらわにする渉は初めてで、驚いた。
　周りの生徒たちが何事かと注目してくる。
「ちょっと……こっち来て」

渉は人気のない場所まで俺を連れていった。
「なんだよ。ハッキリ言えよ」
　渉は背を向けたまま、黙っている。
　イライラすんな。
　こいつにはわかって、俺にはわかんねーことってなんだよ……。
「彩ちゃんは……たぶんあいつらに襲われた」
「は……？　おそわ……れた？」
「本田たちって、お前のこと恨んでるだろ？」
「おいっっどういうことだよ!?」
　俺は渉の肩を引っ張って、正面を向かせた。
「彩ちゃんがバイトを始めるちょっと前……学校帰りに駅前で彩ちゃんと偶然会ったんだよ。そのとき、彩ちゃんの格好はボロボロで……ブラウスのボタンもなくなってた」
　なんだよそれ……。
　そんなの、全然知らねーし！
　カーッと、頭に血が上っていくのを感じる。
　その場を離れようとした俺の手を渉が掴んだ。
「離せっ！」
「あいつらのところに行くんでしょ!?　でもそれじゃ彩ちゃんがますます傷つくよ!?　このこと蒼空には知られたくなかったみたいだしっ」
　俺は渉の手を乱暴に振りほどいた。
　あいつが傷つく？
　もうすでにあいつは十分傷ついてんだよっ。

それなのに黙って知らないふりしろってか？
　こんなこと聞いて大人しくしてられっかよ！
　校舎内をこんなに必死に走ったことなんてなくて。
　周りのやつらにどう思われたってかまわねー、今頭の中には彩しかいない。
　3組に辿り着くと、前に遊んだことがある女が近寄ってきた。
「あれー？　蒼空どうしたのー？　3組になんか用？」
　あいつらどこいんだよ……。
「ねぇ、彼女とより戻ったって本当？　あんな地味なのもうやめときなよー」
「うるせーなクソ女」
「な、何よそれっ……」
　今の俺は最強に機嫌が悪い。
　その上この名前も知らねー女に彩の悪口言われて黙ってらんねぇ。
「あっれー？　蒼空くんじゃん」
　そのとき、背後から本田の声がした。
　振り返るとそこには本田と渡瀬と小林が笑ってて。
　次の瞬間の記憶は飛んでけど、気づいたら本田が鼻から血を流して廊下にぶっ倒れていた。

共犯者は誰ですか？

　昼休み、渉くんが勢いよく教室のドアを開けた。
　こんなに慌ただしい様子の渉くんは初めてで、私はなんだか変な胸騒ぎがした。
「や、やばい……蒼空が……」
　走ってきたのか、息を切らしている。
「蒼空がどうした!?」
　翠がそう言って立ち上がると、クラスのみんなも渉くんの言葉に耳を傾けた。
「3組のやつを殴って……」
　私は咄嗟に教室を出て3組へ向かった。
「彩っ!!」
　後ろから翠の声が聞こえたけど、振り向いてる余裕なんてなかった。
　蒼空は──。
　蒼空はあのことを知ってるんだろうか──。
　3組は反対側の校舎で、走っても辿り着くのに少し時間がかかる。
　足が震えていたせいか、もつれて転びそうになった。
　角を曲がると人だかりができていた。
　そこの中心にいたのが蒼空で……。
　蒼空は男子生徒の上に馬乗りになっていた。
　その横で、ひとり顔から血を流して倒れている人もいた。

あれって……私のこと襲った人だ!
一瞬にして体が凍った。
やっぱり蒼空はあのことを知って……。
周りの生徒は巻き込まれまいとただ見ているだけで、誰も止めようとはしない。
「蒼空っ!!」
私は急いで蒼空の背後にまわり、背中に抱きついた。
「もういいからっ……やめてよ!」
振り返った蒼空はまるで別人みたいな目つきで。
すごい怒ってる……。
どうしよう、怖い……。
「彩……離れてろ」
「やめて! もうぐったりしてるじゃん!!」
蒼空が馬乗りになってる人もかなり殴られたのか、顔が腫れている。
ゾッとした。なんでここまでするの……。
「お……俺らは頼まれてやっただ……けで……」
そのとき、横で倒れてた男子がゆっくり起き上がった。
「頼まれただぁ? 誰にだよ!」
心臓がドクドクしていた。
それって……やっぱり水原さんじゃ……。
「先生だよ……松林……」
え……?
私は頭が真っ白になって、言葉を失った。
何言ってるのこの人……。

だって先生はあのとき助けてくれたじゃん……。
「はぁ!?　松林!?」
　その男子生徒の話では先生からお金を渡され、私を襲うようにと頼まれたらしい。
　すべてのことが信じられなくて、私はその場にペタンと座り込んだ。
「彩っ……」
　蒼空は私の肩を抱えてくれた。
　でも体の震えが止まらなくて……。
　先生が来てくれたのは偶然じゃなかったんだ……。
　仕組まれたことだったんだ……。
「松林は……俺らがお前のことムカついてるって知ってて頼んできやがったんだ……榎本のこと襲えって言ってたくせに、あいつ偶然を装って倉庫に来やがって……話と違うっつーの……」
　蒼空が再びその人の胸ぐらを掴んだ。
「てめぇ……俺のことがムカついてんなら直接来いよ！松林にいいように使われてんな！」
「蒼空っ……もうやめて！」
　私が蒼空の腕にしがみつくと、蒼空は不満そうな顔をしながらその人のことを離した。
「お前らが今でも俺のことを恨んでんのは知ってた。あんときのことは……悪いと思ってる。でも、お前らの女はお前らがいながら俺との関係を自ら選んだ。彩とは全く違うんだよ！　こういう汚ねーやり方は許せねー！」

その場がシーンと静まり返った。
　そして蒼空は周りにいた生徒にも聞こえるようにこう言った。
「今後、彩になんかしたら……たとえ女でも許さねーから。こいつらみたいな目に遭いたくなけりゃ変なこと考えんな」
　周りがざわついた。
　いつも笑顔でみんなの人気者で、常に生徒の中心にいた人が今鋭い目つきでみんなを睨んでいる。
　私のせいだよね……私のせいで敵を作ってほしくない。
「こらー！　お前ら何やってる!?」
　そのとき、3組の担任の先生がやってきた。
　先生は怪我をしている3人の男子を見て驚いていた。
「喧嘩になってるって聞いたが……桐谷何があった？」
「俺ひとりでこいつら殴りました」
「嘘だろ、お前がか!?」
　先生も信じられないといった様子。
　無理もない、今まで蒼空は先生たちにも評判もよかったんだもん……。
「ただムカついたから……特に理由はないです」
　蒼空はまっすぐな目でそう言った。
「でも蒼空っ……」
　右手で私の口をそっと塞ぎ、小声で言った。
「心配すんな。お前のことはなんも言わねーから」
　……そんなこと気にしてるんじゃないのにっ！

「わかった……今から職員室に来い。あと誰か、怪我してる３人を保健室に連れてけ」
　３人の男子生徒たちが周りの生徒に抱えられてその場を去っていく。
　蒼空も先生に連れていかれそうになっていた。
「蒼空っ……」
　そう呼んで振り返った蒼空は、私を安心させるかのように笑っていて。
　そのあと何も言わず、先生の後を追って行ってしまった。
　蒼空は……どうなってしまうんだろう。
　悪いのはあの男子生徒たちと……松林先生なのに。
『心配すんな。お前のことはなんも言わねーから』
　ああ言ってたってことは……。
　蒼空は本当のことを言わないつもりなのかな。
　その場が騒然となっていて、それをぼーっと見ていると後ろから「彩ちゃん！」と、渉くんに呼ばれた。
「あ……渉くん……」
　渉くんはすごく落ち込んでいて。
「ごめん彩ちゃん……俺、蒼空に言ってしまった」
　申し訳なさそうに頭を下げた。
「ううん……気にしないで？　渉くんが言わなくても、いつかバレてた」
「彩ちゃん……」
「そんなことより……蒼空どうなっちゃうのかな……退学とか……なんないよね!?」

理由もなく殴ったってことになったら……蒼空だけが悪者になってしまう。
　全部……松林先生が仕組んだことなのに。
　どうして？
　どうしてそんなことしたの先生……。
　私は松林先生のことずっと信じてた。
　尊敬していたのに。
　色んなことが重なって、ぶわっと涙が溢れでた。
「彩ちゃん……大丈夫？」
「ご、ごめんね……」
　今一番辛いのは蒼空のはず。
　どうにかしないと……。

　5時間目も6時間目も、蒼空は教室に戻ってこなかった。
　今すぐ蒼空の元へ行きたい。
　放課後になり、私は職員室へ向かった。
　すると、3組の担任の先生がちょうど職員室から出てきた。
「先生！」
「榎本、どうした？」
「あの……蒼空はどうなったんですか!?」
　先生は顔をしかめた。
「あいつな～自分が一方的に殴った、相手は悪くないの一点張りなんだよ。俺としてはあいつが理由もなく殴るはずないって思ってるんだけどな？」

「先生……そのことでお話があります」
　私は先生と誰もいない教室に行き、すべてを話した。
　3組の男子に襲われそうになったこと、そのとき松林先生が助けにきてくれたこと、そしてそれは先生が仕組んだこと……。
　このことを人に話すのはすごく抵抗があったし、そのときのことを思い出すと体が震えそうになったけど、今はそんなこと言ってる場合じゃない。
　蒼空を助けないと……。
　蒼空は私のこともだけど、3人の男子のこともかばってる。
　全部自分の責任だと思ってるんだ。
　蒼空はそういう人だから、私にはわかる。
　先生はショックを受けていた。
　そうだよね……まさか松林先生がそんなことするなんて信じられないよね……。
「その話……本当か……？」
「本当です！　信じてください‼」
「いや、信じる。信じるけど……松林先生がそんなことするなんて……」
「蒼空はこのことを言わないつもりなのかもしれない……でも、蒼空ひとりを悪者になんてしたくありません！」
「ああ、それは俺も同じ気持ちだ。あいつは今校長室にいる。親御さんも来てるんだが……」
「まさか退学になんてならないですよね⁉」

「いや、とりあえず1週間の自宅謹慎ということにはなったんだが……今榎本が話してくれたこと、早く伝えた方がいいな」

　先生と私は急いで校長室へ向かった。

　校長室には校長先生と、うちのクラスの担任の先生、殴られた3人の男子生徒、そして蒼空と蒼空のお母さんが座っていた。

　私の登場に蒼空も3人の男子生徒も驚いていた。

「お前……なんで来たんだよ」

　蒼空が私に向かって少し機嫌悪そうに言った。

「なんでそういう言い方するの!?」

　そう言ったのは横にいた蒼空のお母さん。

「突然割り込んで申し訳ありません、校長先生お話したいことがあって……」

　3組の先生が私の顔を見たので私は頷いた。

「桐谷は理由もなく殴ったわけではありません。こちらにいる男子生徒たちがこの榎本に乱暴しようとしたらしいです。それを知った桐谷が怒って殴った……そうだよな？」

　先生に問いかけられ、蒼空は顔を伏せた。

　3人の男子生徒たちも気まずそうに俯いた。

「そして……それを指示したのが……そこにいる松林先生、あなたなんでしょう？」

　先生が指差した先は、職員室と校長室をつなぐドアの方だった。

　ドアはガラス張りになっていて、そこに松林先生がいた

のだ。
　ドクンと大きく心臓が動く。
　気づかなかった……いつからそこにいたんだろう。
　急に恐怖が襲ってきて、足が動かなくなった。
「おいっ……」
　蒼空が私のそばに来てくれた。
「ご、ごめん……」
「つーか……なんで本当のこと言ったんだよ……」
　呆れ顔だったけど、私を抱える腕が優しくて……松林先生が近づいてきても怖くなかった。
「松林先生、今の話は本当ですか？」
　校長が部屋に入ってきた松林先生に聞いた。
　松林先生の顔は青ざめていて。
「まさか……俺がそんなことするはずありません」
　この人は……平気で嘘をつくんだ。
　生徒たちのこと、かばおうともしないんだ。
「では……3人に聞く。この話は本当なのか？」
　今度は3人の男子生徒に問いかけた。
　どうか本当のことを話して……。
　3人はずっと俯いてたけど、ひとりが静かに顔を上げた。
「……はい。本当です」
「おい！　本田!!　キサマ何を!?」
　松林先生がその男子生徒の胸ぐらを掴んだ。
　うちの担任と3組の先生が慌てて松林先生の腕を掴んだ。

「松林先生！　落ち着いてください！」
「落ち着いてられるか！　俺が……なんで俺が！」
　こんなに取り乱している先生は初めてで、怖くなった。
　蒼空はそんな私の気持ちを知ってか、ぎゅっと強く抱き寄せてくれた。
「本田くん。どうしてこんなことになったのか、教えてくれるか？」
　校長の言葉に、本田くんは涙を見せた。
「俺……こんなことになるとは思わなくて……」
　すると他の男子生徒も口を開いた。
「蒼空に女とられて……ずっとムカついてたんです。そんな時松林先生がこの話をしてきて……10万やるから榎本を襲えって……金に目がくらんだし、蒼空のことも腹立ってたからやっちまおうってことになって……」
「今は本当にバカなことしたと思ってる……こんなひどーことしたのに蒼空は俺らのことかばおうと、何も話さねぇし……」
　3人ともグズグズと鼻をすすりながら話していた。
　反省してくれてるのかもしれない……。
　校長は立ち上がって松林先生の目の前に行った。
「松林先生。生徒がこんなにも素直に話してくれているというのに、あなたはいつまでそのような態度でいつづけるんですか？」
　みんなが松林先生に注目していた。
　先生の唇は震えていて、そして悔しそうに噛んでいた。

「桐谷が……羨ましかった……」
　ボソッと静かにつぶやいた。
「羨ましい……とは？」
「桐谷は成績もよく、先生や生徒たちからも人気があった。俺は……俺の学生時代は桐谷とは正反対で。真面目でネクラで、成績だけはよかったが人と関わるのが苦手だった。いじめられたこともある。そんな自分を変えようと教師になって明るく振舞った。でも……桐谷を見るとどうしても昔の自分を思い出してしまうんだ。あの頃俺をいじめていたやつに似てたから……」
　先生……あんなに生徒から人気があったのに。
「そんなとき榎本と出会って。最初はただの生徒だったのに話をしていくうちにいつの間にか榎本に惹かれていた。一緒に話していると楽しくてな。だからふたりが付き合ってることを知ってショックだったんだ……」
「てかさ。そんな好きなやつに怖い思いをさせるとかって最低なんですけど」
　蒼空がそう言うと、蒼空のお母さんが「こらっ余計なこと言わないの！」と慌てていた。
　松林先生がフッと笑みを見せた。
「そう……だな。俺は結局自分が一番可愛かったのかもしれない。榎本に振り向いてほしいがために、あんな目に遭わせて偶然助けるふりをした。……最低だよな」
　あのときのこと、今でもよく覚えている。
　先生が来てくれたとき、本当に嬉しかった。

すごくほっとしたんだ……それなのに。
「先生……私、松林先生のこと尊敬してました。ひとりひとりの生徒の話をいつも熱心に聞いていて、どの先生よりも生徒のこと理解しようと、常に生徒と同じ目線でいた。そんな先生が好きでした。でも……こんなこと許されることじゃありません。二度としないでくださいっ……」
　蒼空が隣にいてくれたから言えた。
　ひとりじゃきっと怖くて言えなかったと思う。
「許してくれないと思うが……ごめんな榎本……そして桐谷とお前ら３人も……本当に申し訳ない」
　先生はずっと頭を下げ続けた。
「本当に……許されることじゃねえ。教師のやることじゃねえよ……殺したいくらいムカついた」
　蒼空の言葉をドキドキしながら聞いていた。
　蒼空のお母さんもハラハラしているようで……。
「でも……俺もやりすぎたと思ってた。色々挑発したこともあったし……悪かった」
　あの蒼空が頭を下げている。
　予想外すぎて驚いた。
「俺も不安だったんだ。松林先生は人気もあったし優しいし。彩が好きになるのも時間の問題だと思ってたから」
「えっ！　何それっ」
　そんなことあるわけないのに！
　蒼空はそんなこと考えてたんだ！
　すると、先生の口元が緩んだ。

「榎本は……どんな手を使おうと、お前しか見ていなかったと思う。そうだろ？」
　先生に問いかけられ、ゆっくり頷いた。
　なんかこの場でそんなこと言われると恥ずかしい。
「お前のこと気になっていたのは確かだけど……桐谷の大事な物を奪えば優越感に浸れるとでも思っていたのかもしれない……本当にバカだよな」
　先生はハハッと笑っていた。
「松林先生、反省されているようですが……あなたの考えやしてきたことは教師として許されない行為です。厳しい処分はまぬがれません」
　校長の言葉に、松林先生は頷いた。
「はい……それは覚悟しております」
「それから桐谷くん。君も反省しているようだし、君ひとりが悪いわけじゃなかったのだから、自宅謹慎は取り消します」
「本当ですか!?」
　うちのクラスの担任が喜んだ。
「ああ。君はかなり優秀らしいし、これからは生徒の見本となるような行動をしてほしい」
　蒼空のお母さんも３組の担任もほっとしているようだった。
「ありがとうございます……」
　蒼空は校長先生に頭を下げた。
　生徒だけが先に校長室から出ることになり、３人の男子

と蒼空と私が廊下に出た。

　出ていくとき……松林先生と目が合って。

　先生は軽く微笑んで頭を下げてきた。

　本当は悪い先生じゃないってこと、わかってる。

　また前みたいに普通に話すことはできないけど……。

　先生が私に告白してくれた気持ちは嘘じゃないと思うから……。

　あれは私の心の中で大切にしまっておくことにする。

　廊下に出ると、3人の生徒が改まって頭を下げてきた。

「蒼空、榎本……本当にごめん……俺ら最低なことしちまって……」

　この3人の顔を見ると、あのときのことが頭をよぎってドキドキしてくる。

　正直、もう顔を見たくもない。

　でも……ちゃんと反省してくれてるみたい。

「ああ。でも元の原因は俺なんだよな。俺がお前らの女と遊んだり、松林を挑発するようなことしなけりゃこんなことになんなかった」

「蒼空……違うよ……」

「違くねぇよっ」

　蒼空はすごくイライラしているようで。

　そのあと教室に戻って、翠と渉くんが話しかけてくれたけど口数が少なかった。

　せっかくふたり待っててくれてたのにな……。

「彩ちゃん！」

そのとき、教室に蒼空のお母さんが入ってきた。
「うわっなんだよ!?」
「ちょっと。露骨に嫌そうな顔しないでよ？　ねぇ彩ちゃん今夜泊まっていかない？」
「はぁ!?　なんで急にそうなんだよ!?」
「うるさーい！　少し黙っててよ！」
　蒼空と蒼空のお母さんのやりとりを、ただ茫然と見ていた。
　と、泊まるって……!?
「ちょぉっと彩！　もう親公認なの!?　やったじゃん！」
　翠が耳元で興奮している。
「ねぇ彩ちゃんどう!?　無理にとは言わないけど……ほら、唯も会いたがってたし！」
　唯ちゃん……蒼空の可愛い妹。
　私も会いたいけど……。
　蒼空の方をチラッと見ると、無愛想な表情で椅子に座っている。
「蒼空……いいの？」
「別にいいけど……」
「じゃ……お言葉に甘えて」
　蒼空のお母さんは「やったー！」と、跳びはねて喜んでいた。
　本当に若くておちゃめで可愛いお母さん……蒼空とは正反対だ。
「あ、渉くんと、翠ちゃん……だっけ？　ふたりもどう!?

遠慮しないで!?」
　翠と渉くんは顔を見合わせて笑っていた。
「あー俺バイトあるし……」
「私も用事あるんでまた今度お邪魔しまーす」
　ふたりは気を利かせてくれてたりして。
　別にいいのにな……私だけ蒼空んちに行くなんてちょっと緊張。

　翠たちと別れて、私は蒼空のお母さんの車で帰ることになった。
「どういうつもりだよ？　彩を泊めるって」
　蒼空は後ろ座席で腕と足を組み、偉そうに座っている。
　蒼空のお母さんはバックミラー越しにこちらを見て微笑んだ。
「別にいいじゃない。ふたりは付き合ってるんでしょ？」
　そう言えば……付き合ってからちゃんと挨拶してなかった。
　この前家に泊まったときは突然だったし、あの頃はまだ恋愛感情に気づかなかったんだもんな。
「あの……ご報告遅れちゃってすみません！」
「え!?　ああー！　そんなのいいのいいの。気にしないでね？　ふたりが付き合ってくれて嬉しいんだから」
　蒼空のお母さんは機嫌良さそうに笑っていた。
「前にうちに来たときも言ってたじゃん？　私彩ちゃんのこといい子だなぁって思ってたから」

「そんな……」
「今回蒼空のことで色々とごめんなさいね。私も気づかなくて……」
「い、いいえ……蒼空のせいじゃないですから……」
　チラッと蒼空の方を見ると、窓の外を見て黙りこくっている。
　まだ不機嫌みたい。ふたりでちゃんと話したいな……。
　家に着くと、妹の唯ちゃんが笑顔で出迎えてくれた。
　相変わらず小柄で可愛い。
「お久しぶりです！」
「久しぶりだねっ今日また泊まることになって……お世話になりますっ」
　一礼をして家に上がった。
　その横を、何も言わず通り過ぎていく蒼空。
　いつまで機嫌悪いのよぉ———っ!!
「おかえり」
　そのときリビングから蒼空のお父さんがやってきた。
　うわー相変わらずかっこいい……。
　そしてすごい蒼空にそっくりすぎて凝視できない。
「陸さんっ今日早かったね!?」
「唯からお前が学校に呼ばれたって聞いて。気になって帰ってきた」
「あー……まぁ大丈夫だから！　それより今日彩ちゃん泊まるからっ」
　蒼空のお母さんが靴を脱ぎながら言った。

「あーわかった。ゆっくりしてってね」
　口数は少ないけど、優しさが伝わってくる。
　この笑顔も……蒼空によく似ている。
　やばい、私顔ニヤけてないかな。
　そそくさと靴を脱いで蒼空の部屋へ向かった。
「蒼空〜……」
　そっと部屋のドアを開けると、蒼空はベッドに大の字になって寝ていた。
　私はとりあえずベッドの近くに座ってみた。
「び、びっくりしたね。突然泊まることになるなんて……」
「……」
　無視ですかい！
「彩さ……」
「えっ!?」
「俺のことムカつかねーの？」
「え、なんで？」
「俺が前に遊んでたせいで今回色んな目に遭って……嫌な思いもしただろ？　俺のことムカついて当然じゃねーの？」
「ムカついてなんか……ないよ。確かにね、前に女の子たちと遊んでたって聞いてちょっとだけ嫉妬した。でも……それは私と付き合う前の蒼空だから……今はそんなことしてないし、私だけって信じてるから。そうでしょ？」
　大の字になって天井を見つめてた蒼空が起き上がって、私の方を見た。

「当たり前だろ」
「うん。……ならいいの」
　そのとき、目の前が真っ暗になった。
　蒼空に強く抱きしめられたから。
「怖かったよな……助けに行けなくて本当にごめん……」
　少し腕が震えているようだった。
　思わず喉が熱くなって涙が込み上げてきた。
「うん……こ、怖かったよ……本当は蒼空に助けてほしくて……ずっと心の中で叫んでた」
「ごめん……すげー悔しくて。俺も甘かったよな……距離を置いてたとしても、もっと注意しとくべきだった。自分が情けなくてムカついて、なんかどうしようもねーんだ」
　今日の帰り、蒼空の様子がおかしかったのはそのせいだったんだ……。
　蒼空はやっぱり自分を責めていた。
　私は蒼空の頭を撫でた。
「でも今日私のために怒ってくれたじゃん……先生や本田くんたちにも謝ってくれて……私嬉しかったよ」
「もっと彩のこと大事にする」
「うん……」
　蒼空は私の顔を両手で包み込むように優しく触れた。
　そして軽くキスすると、そのままふたりでベッドに倒れ込んだ。
　間近にある蒼空の顔。
　近くて、ドキドキが止まらない。

「思い出すの嫌かもしんないけど……あいつらに何された？」
「え……本田くんたち？」
「うん。俺のせいだとはいえ……彩があいつらに触られたと思うとすげー嫌なんだけど」
　羽交(は)(が)い絞めにされて……押し倒されて服の上から胸を触られたけど……。
　そんなこと言ったら、激怒されそう。
「本当のこと言えよ。怒んねぇから」
「うん……胸……触られた」
「はぁっ!?」
　ガバッと起き上がり、めっちゃ驚かれた。
　オーバーリアクションだな。
「やっぱり怒るじゃん！」
「んな……黙ってられねぇよ！　俺だってまだ触ってねぇのに！」
「は!?　何言ってんの!?」
「あいつら……やっぱ許せねぇー！　今度会ったらタダじゃおかねー！」
　ベッドに座ってブツブツと言っている。
「今日あれだけ殴ったんだからもうやめてよっ……」
「殴んねぇよっ！　文句言ってやるだけ！」
「でも……もう喧嘩とかしないで」
　私のせいで蒼空の評判も悪くなりそうで……嫌だ。
　蒼空は、はぁとため息をついて私の顔を覗き込んだ。

「わかったよ。彩がそこまで言うならなんもしない……」
「うん……」
　お互いのおでこをコツンとぶつけた。
　そして再び唇が触れそうになったとき……。
「ふたりとも〜ご飯できたよー！」
　廊下から唯ちゃんの声がした。
　心臓が飛び出てきそうなくらいびっくりした。
「そ、蒼空っご飯だって!!　行こう!?」
　蒼空は俯いている。
「くっそー……唯のやつ……覚えてろよ……」
　こ、怖いんですけど。
　でも少しほっとしてる自分もいる。
　あのまま唯ちゃんが声をかけてくれなかったら、私たちどうなってたんだろう。
　想像するとドキドキが止まらなかった。

　蒼空んちは食事中もにぎやかで和む。
　といっても、唯ちゃんと蒼空のお母さんが話してるのに蒼空が突っ込んでるって感じなんだけど。
　それが聞いていて面白いんだよね。
　蒼空のお父さんはやっぱり無口でテレビを見ながらたまに相槌うつくらいだけど、嫌な感じはしない。
　いいなぁこういう家族。
　うちはひとりっ子だったから、余計に羨ましく感じる。
　夕飯を食べ終えると、唯ちゃんは受験勉強のため２階へ

行ってしまった。
「唯ちゃんってうちの高校受けるんでしょ？」
「あー。でも無理かもな」
「え!?」
「あいつ頭わりーもん」
「蒼空が勉強みてあげれば？」
「やだよ、めんどくせー」
　なんつー兄様だ……。
　学年トップのくせに……教えてあげればいいのに。
「ひどいお兄ちゃんでしょ？」
　蒼空のお母さんが私に紅茶を入れてくれた。
「だってあいつに教えたってすぐに忘れっから教え甲斐がねーんだもん」
「根気よく教えてあげてよ、唯は何回か教えてあげれば覚える子だよ？」
「それがめんどくせーっつーの。俺も暇じゃねーし」
「暇人のくせに……」
　私がボソッとつぶやくと、「あぁ？」と睨まれた。
　蒼空って身内には本当に冷たいっていうか……。
　私には優しいのに。
「風呂入ってくる」
　蒼空は不機嫌な様子でリビングを出ていった。
　すると、ソファに座ってた蒼空のお父さんがブッと吹き出した。
　え……今笑った!?

「あいつ……学校でもあーなの？」
　話しかけられた!!
　かっこい……なんて思ってる場合じゃない！
「い、いえっ！　学校ではいつも笑顔で明るくて……腹黒の一面は私にしか見せてなくて……じゃなくて!!　あのっ……」
　やば……緊張して変なこと口走った!?
「……ぶはははは！」
　蒼空のお父さんが再び笑いだした。
　こんなに笑ってるところ初めて見た……。
「陸さんどうしたの!?　ツボった？」
　蒼空のお母さんが驚いている。
「いや……わりー。あいつ学校で猫かぶってんだ？　あいつらしいな……」
「でもっ！　口が悪いところもあるけど……本当は人一倍色々考えて気を遣ってて……優しい人なんだと思います」
　わー。私何言っちゃってんだろ。
　口が悪いとかって蒼空の両親に向かって……私って絶対アホだ。
　ふたりが私に注目している。
　絶対変な子だって思われた。
「蒼空のこと……ちゃんと見ててくれてありがとう」
　蒼空のお母さんが言った言葉が予想外すぎて驚いた。
「いえっ私なんかが蒼空の隣にいるのが奇跡というかなんというか……」

「そんなことないよ？ "私なんか" なんて言わないで？ 彩ちゃんはとっても魅力的な女の子なんだから」
「え……」
　蒼空のお父さんも優しく微笑んだ。
「あいつのことで色々苦労するかもしんねーけど……これからもそばにいてやって？　口わりーけど、あれはあいつの愛情表現のひとつだから」
　そう言ってリビングを出ていった。
「はぁ。口が悪くなったのは私のせいなのかな……」
「え!?　お母さんのせいって……」
「ここだけの話、蒼空は陸さん……えっと、うちの主人と外見がよく似てるからって昔からなんでも比べられることが多くてね？　それが嫌だったみたいなの」
「そうなんですか!?　でも蒼空だって頭もいいし、かっこいいし……お父さんと同じくらい素敵だと思うんですけど」
「あはは……ありがとう。確かに蒼空は頭もいいし要領もいい子だったから、私は何も心配してなかったんだけど……知らないうちにあの子傷ついてたみたいで」
　蒼空がそんな気持ちを抱えてたなんて、知らなかった。
「自慢じゃないんだけどうちの主人って黙ってても人が寄ってくるようなそんな不思議な人でね？　ありがたいことに沢山の人から信用されてここまで会社大きくさせてきたんだけど……その跡継ぎって言われることが蒼空にはすごく重荷になってたみたいでさ」

「そうだったんですか……蒼空、そんなことひと言も言ってなかった」
「うん、あの子は人に弱いところ見せない子だから……そんなつもりなかったんだけど、自然と私がそうさせちゃってたのかも。主人は家族の前で悩みを言ったり仕事のトラブルがあっても家に持ち込まないような人だから……きっと自分もそうでなきゃいけないって思っていたのかもしれないよね」

蒼空のお母さんが紅茶を飲みながら寂しそうに笑った。
「もっと前から色々話し合っておくべきだったかなぁって。弱いところも見せていいんだよーって。会社もね、継いでも継がなくてもどっちでもいいの。蒼空のやりたいことを優先させてあげたいから。でも蒼空はあの通りだから今更私から何言っても絶対反抗してくるだけなんだよね」
「ああ……なんとなくわかります」
「でしょ!? あまのじゃくだし意地っ張りだし……でもさ、彩ちゃんが言ってくれたら違う反応するかもなぁ」
「ええ! む、無理です!!」

蒼空が私に弱いところを見せるなんて……。

そんなとこ想像もできないよ！

彼はいつも私より上を行ってて、自信満々で私の考えなんて全部お見通しで……。
「でも今回蒼空のせいで彩ちゃんを危険な目に遭わせてしまって……本当にごめんね……？」
「いえ!! 蒼空のせいじゃないですから！」

「それでも、あの子のことを好きでいてくれてありがとう」
　蒼空のお母さんの優しい微笑みに、私の胸はぎゅっと締めつけられた。

　お風呂に入って蒼空の部屋へ行くと、蒼空はベッドに寝転がって漫画を読んでいた。
「お、お風呂借りた……から」
「んー」
　蒼空は返事をしてくれたけど漫画から目を離すことはなかった。
　ドキドキしてきた……。
　夕飯前にこの部屋で起こったことを思い出してしまう。
　はぁ……意識しすぎかな。
「彩」
「はいいいいいッ‼」
　突然名前を呼ばれたのでびっくりしてしまった。
　恥ずかしい……変な声で返事しちゃったよ！
「ぶっ、なんだよそれ」
「急に呼ぶんだもん……びっくりして」
　蒼空はフッと笑って起き上がった。
　あ……お風呂上がりのせいか、少し髪が半乾きでなんか色っぽいような。
　って私は変態か！
「さっき親と何話してたの」
「何って……蒼空のことだよ」

「は!?　マジかよ……うぜー」
　蒼空は手で口を隠してため息をついた。
　でもなんか本気で嫌そうな感じではない。
　最近そういうのがわかってきた。
　口では冷たいこと言ってても、それは本心じゃないって。
　蒼空のお父さんも言ってたっけ……。
　それも愛情表現だって。
「いいご両親だよね……」
「そうか？　俺には全然わかんねー」
「蒼空のこと心配してたよ」
「別に心配なんてされなくても」
「お母さん、自分のせいで蒼空が言いたいことも言えなくなって色々我慢してるんじゃないかって思ってるよ？」
「はぁ!?　なんでそうなるんだよ」
「もっと素直に話してみてもいいんじゃないかな……蒼空のお母さん、いい人だもん。わかってくれるよ」
　蒼空は一点を見つめたまま「俺は親父じゃねーし……」とつぶやいていた。
「え？」
「お前も親父かっこい～とか思っただろ？」
　からかうように笑っている。
「お、思ってないよ」
　嘘だけど。本当はいつも思ってるけど。
　でもそれは蒼空に似てるからで……。
　そんなこと、蒼空に言ったらダメなような気がして言っ

たことがなかった。
「俺、昔っから親父に似てるって言われるんだけどさ、それがすげー嫌だったのよ」
「えっ……」
「周りから何かと比べられて。まぁ親父の方が年くってるし人生経験もあるから俺より優れてて当たり前なんだけど」
「お父さんの方が優れてるって誰が決めたの？ 蒼空が勝手にそう思っちゃってるだけでしょ？」
「誰に聞いたって親父はすげーって言うよ」
　何それ……蒼空らしくない。
　お父さんのこと気にしすぎでしょ。
「私は蒼空のお父さんのことあまり知らないからなんとも言えないけど、蒼空には蒼空のいいところが沢山あるんだよ！ てか他人になんて言われようと、私だけがわかってればそれでよくない!? ウジウジしないでよ！」
　思わず立ち上がってしまったし、結構大きい声で、しかも早口で言ってしまった。
　蒼空が驚いて私を見上げている。
　ああ……やっちまった。
　偉そうに言っちゃって、蒼空怒ってるかも。
「ぶ……ぶあっはっはっはっはっは!!」
　蒼空がお腹をかかえて笑いだした。
「そ、蒼空……？」
「彩……やっぱサイコ───ッ!!　男前ー！」

ヒーヒー言いながらまだ笑っている。
　え、バカにされた？
「フッ。わりー……。あー、俺も彩に言われちゃおしまいだな」
「え……」
「なーんか、どうでもいいや。本当俺ウジウジしててキモイ」
「あ、ごめん……ちょっと言いすぎたかも」
「別にいーけど。思ったこと言ってくれて助かった。おかげでなんか目ぇ覚めたわ」
「ほ、本当？」
「俺ファザコンなのかも」
　自分で言ってて笑っている。
「……」
「おい、そこ突っ込めよ」
「ごめん……でもさ、蒼空はおうちの仕事継ぎたくないの？」
「いや……継ぎたくないわけじゃない。親の仕事見てるとやりがいもあって面白そうだし……ただ、この会社に入ったらまた色々比べられんのかなーって思ったらちょっと嫌になってたんだよね」
「そうだったんだ……」
「でもそんなこともなんか全部吹き飛んだわ。彩のおかげで」
　蒼空に腕を引っ張られ、一緒にベッドに寝転んだ。
「本当ちっさいこと気にしたりして、ガキだよな俺……」

「ううん。それだけ蒼空は家族の期待に応えようとしてたってことだよね？」

　じっと私を見つめる蒼空。

　顔に穴があきそうなんですが。

「お前には敵わねーな……」

「うふふ。蒼空がそんなこと言ってくれるなんてねっ私も偉くなったもんだわ」

「はぁ？　調子こくなっつーの‼」

　頭をワシャワシャと乱され、私たちはベッドの上で暴れた。

　そして蒼空と目が合った瞬間、ぎゅっと抱きしめられた。

　蒼空の胸から心臓の鼓動が聞こえてくる。

　なんだか安心するな、この音……。

　しばらくして顔を上ると蒼空がこちらを見ていてびっくりした。

　目をつむって浸っているところ見られてたかも……恥ずかしい！

　アタフタしてると、蒼空が私から離れた。

「もう寝るか、今日色々あったし疲れたろ？」

　そう言ってベッドの端に寄った。

「あ、あーうん……そうだねっ」

　突然素っ気ない態度をとられてちょっと寂しいような……。

　あのまま……ぎゅっとされたまま眠りにつきたかったな～なんて。

でもどうしたんだろう急に。
もしかして私変な顔してた!?
それでドン引きされてたりして……。
「電気消すぞ」
「うん！」
　パチンと部屋が暗くなり、蒼空はベッドの端で背中を向けて横になった。
「あ……そんなに端に行かなくても大丈夫だよ？　なんなら……私が下で寝ようか？　前に泊まったとき蒼空が下で寝てくれたから」
　ベッドから出ようとしたら腕を掴まれた。
「いーから、ここで寝ろよ」
　暗くて蒼空の顔がよく見えなかったけど、私はドキドキが止まらなくて。
　蒼空が再び背を向けて寝たので、私も隣に横になった。
　触れるか触れないかの距離に蒼空がいて、緊張してしまう。
　でもどうしてこっち見てくれないのかな……。
　私、もう心の準備ならできているのに。
「ねぇ蒼空……？」
　思い切って背中を突いてみた。
「ん？」
「こっち……向いてよ」
「んーねみぃ」
　振り向いてもくれない。

「蒼空……私って魅力ない?」
　バッと勢いよく私の方を振り向いた蒼空。
「は?」
「だって……何もしてこないし……」
「な、何言ってんだよ!?」
　本当何言っちゃってんのって感じ。
　今更恥ずかしくなってくる。
　私のバカ———ッ!!
　毛布を頭からかぶった。
「あ〜もう忘れて!?　ごめんね、寝る!」
　そう言ったのと同時に無理やり毛布を剥がされた。
　目の前には蒼空のどアップ。
　目が暗闇に慣れてきたからよく見えるようになってきた。
「そういうこと言うのナシじゃね……?」
「……え?」
　蒼空も照れているような顔をしている。
　こんな蒼空初めて見た……。
　可愛い!
　蒼空は私に覆いかぶさるような体勢になった。
「本当……可愛ーんだけど」
「え?」
　何を言って……眠くて頭おかしくなった?
「我慢してやろーと思ったのに」
「が、我慢って」

上から優しいキスが何度も降り注いだ。
　蒼空の甘い香りに包まれて、心地いい緊張感が漂う。
「彩。やめてほしいなら今のうちに言えよ」
　それがどういう意味なのかわかっている。
　まだちょっと怖いし、不安もある……。
　でも、蒼空とならこの先に進んでみたいって思うんだ。
「やめて……ほしくない」
　その瞬間に、蒼空は私を上から抱きしめた。
「大事にしたいし……無理なら途中で言っていーから」
「うん……」
　蒼空がすごく優しくて涙が出そうになった。

　最初はなんて腹黒い人なんだろうって思ってた。
　私にはすごく冷たくて、絶対好きにはならないって思ってたのに。
　彼の優しさに触れて、気づいたら目で追うようになっていた。
　遠い存在だったのに、今じゃこんなに近くにいる。
　蒼空の体温は温かくて、ほっとするんだ。
　蒼空は本当に私のことを大切に扱ってくれた。
　まるで壊れ物を触るかのように。
　その気持ちがすごく嬉しくて、私は幸せに満たされた。

イジワルな黒王子が大好きです。

　蒼空の家に泊まってから2日が経った。
　明日は蒼空の誕生日。学校帰りにプレゼントを買うため雑貨屋に立ち寄ることにした。
　あの日から蒼空の顔をまともに見られていない気がする。
　だって、あの日のことを思い出しちゃうんだもん……。
　いつもと違う私を見て、渉くんは『蒼空と何かあった？』と心配して声をかけてくれた。
　そういえば渉くんにはいっぱいお世話になったなぁ……。
　バイトも紹介してくれたり、相談にも乗ってくれたし。
　泣き顔も……見せちゃったっけ。
　お礼がしたいけど、できること思いつかないし……。
　何か渉くんにもプレゼント買おうかな。
　渉くんは読書が好きみたいだからオシャレなブックカバーとしおりにしよう。……使ってくれるかな？
　レジの近くで目に入った可愛いマグカップは翠にプレゼントすることにした。
　翠にも色々とお世話になってるもんね。
　そして蒼空の誕生日プレゼントは……悩みすぎて結局何も買えなかった。
　どうしよう……他のお店も行ってみようかな。
　そのとき、スマホが鳴った。

「えっ蒼空!?　ど、どうしたのっ？」
　ちょうど内緒で蒼空のプレゼントを選んでいたところなので焦ってしまう。
「明日、うち来れる？」
「う、うん」
「じゃ、それだけだから。ちゃんと泊まる準備してこいよ？」
「えっ!?」
　電話はそこで切れた。
　泊まりってことは……そういうことだよね？　またあの日のことを思い出して顔が真っ赤になってしまう。
　どうしよう……ドキドキが止まらないよ。

「彩～？　なんか最近ずっとニヤけてない？」
「え？」
　翠に顔を覗き込まれて笑われた。
　やばい……今教室で自習中なんだった。
　私はふとした瞬間にニヤけてしまっているらしい。
　自分が超絶キモイ……。
　これじゃあ変態じゃん！
　今日は、蒼空の誕生日。家に泊まるんだよね……。
　そのことを思うと、顔に熱が上がってきてしまう。
「何何ー？」
　隣の席の渉くんがこっちに椅子を寄せてきた。
　ぎゃ――っ！　男子には絶対知られたくない!!
　それなのに翠は何かあったのかしつこく聞いてくる。

「てかさ……彩、蒼空とついに……」
　翠が口に手を当てながらニヤけている。
　す、鋭いな。
　コクンと頷くと、「きゃーっ」と喜んでいた。
　翠の声に周りの生徒がこちらを見てきた。
「シ───ッ！」
　私が慌てて言うと翠はごめんごめんと笑っていた。
「いやーでもまさかとは思ったけど、あの日だったとはねぇ～」
「もぉー！　いーでしょその話は！」
「なぁんで!?　こんなに楽しい話ないでしょ！　もっと詳しく聞きたいよね～渉!?」
　翠が渉くんに話を振ると、渉くんは苦笑いを見せながら頷いた。
　うわ……渉くん引いてるのかも。
　こういう話苦手な人もいるもんね……。
　そのとき、突然後ろから肩を抱かれた。
「何、盛り上がってんだよ」
　驚いて振り返ると蒼空が笑って立っていて。
　ドキンと胸が高鳴る。
　まともに顔を合わせるのは久しぶりで照れる。
「噂をすればっ」
　翠がからかうように言う。
「噂って何」
　あぁーもうこの話やめてほしい！

「べ、別になんでもないから!! ほらっ勉強しないと!」
　私は蒼空を席に戻るように促したけど、蒼空は戻ろうとしない。
「はぁ？　俺だけ除け者!?」
「そういうんじゃないから!」
　私たちのやりとりを見て、翠がまたニヤついている。
「翠笑ってんのムカつくんだけど。ぜってーなんか俺のこと言ってただろ」
「別にー？」
「その顔別にって顔じゃねーし」
　ああ～翠もう放っといてー！
　蒼空もイチイチ反応しないでよー！
「渉は知ってんだろ!?」
　ちょっと渉くんにまで！
「うーん、彩ちゃんが今幸せいっぱいだって話」
　少し寂しそうな笑顔で渉くんが言う。
「彩ちゃんさ、最近ずっと笑ってるんだよね。彩ちゃんを笑顔にできるのはやっぱり蒼空だけなんだよな」
　蒼空が真剣な顔で渉くんを見ている。
「……蒼空には、やっぱ敵わないなー」
「そ、そんなことないよ！　渉くんは蒼空の100倍優しいし、蒼空より女の子の気持ちわかってるし!!」
「彩ちゃん……」
　……やばい。蒼空の前で変なこと言っちゃった！
「ほぉー。俺より渉の方が100倍優しいし女の気持ちがわ

かってるって?」
　全身が凍った。
「ちっ違うの！　これには理由が……」
　振り返ると、蒼空が笑っていた……目は笑ってないけど。
「彼氏に向かって言ってくれるねー?」
「ごめん」
　もう謝るしかないじゃん！
　──キーンコーンカーンコーン。
　そのとき、タイミングよくチャイムが鳴り、なんとかこの場は切り抜けられたけど……。

　放課後、帰ろうとしていた渉くんを呼び止めた。
「渉くんちょっといいかな」
　私はバッグの中からプレゼントを取り出した。
「え?　何?」
「これ……少しなんだけどね、渉くんにはいっぱいお世話になったから何かお礼がしたくて」
「えええええ！」
　ものすごい驚いている。
「もらえないよ！　俺何もしてないのに……」
「ううん、渉くんがいなかったら蒼空とより戻らなかったかもしれないもん……。本当に感謝してるんだ。だから受け取ってほしい……」
　渉くんは申し訳なさそうに私からプレゼントを受け取った。

「ブックカバーとしおりなんだけどさ、気に入ってくれるといいなぁ……なんて」
「彩ちゃんが選んでくれたものならなんでも嬉しいよ……本当にありがとう。大事にするね」
　渉くんが喜んでくれてほっとした。
「何それ」
　その声に振り向くと、蒼空が渉くんの手元を指差して膨れていた。
　渉くんが持っているのは私があげたプレゼント。
　バッドタイミング！
「これ？　彩ちゃんにもらったんだよーん、いいでしょぉ？」
　渉くんは蒼空に向かって見せびらかすように広げた。
「は!?　何ちゃっかりもらってんだよ!?」
「だって彩ちゃんが俺のために選んでくれたんだもん、ほしいに決まってるじゃん」
　ぎゃー……。
　タイミング悪く蒼空に見られるなんて。
「わ、渉くんにはいつもお世話になってるからそのお礼で……もちろん翠にも買ってあるんだけどね」
　蒼空はそんな私の言葉など耳に入っていないみたい。
　不機嫌なまま渉くんを睨んでいる。
「いーでしょ別に。蒼空には彩ちゃんがいるんだからさー」
「はぁ……まぁな、それはやるけど、彩はぜってーやんねぇからなっ」

蒼空は私を力強く抱き寄せた。
　渉くんの前で〜〜〜!!　しかも教室だしっ!
「ちょっと……蒼空!」
「ぷっ。蒼空って本当子供だよね……」
　渉くんが笑い、それに対して蒼空がまた怒った。
　本当に子供なんだから……イチイチムキにならないでよーっ。
「じゃあ……邪魔者は退散するかなー」
　渉くんが教室の出入口の前で、こっちを向いた。
「蒼空、そういうことだから。ありがとね、おかげで前に進める」
「え?　俺は別に……」
　モゴモゴしている蒼空を見て渉くんはフッと笑った。
「んっ?　なんの話?」
「彩は知らなくていんだよっ」
　そして渉くんは私たちに「じゃーまた明日!」と手を振って去っていった。
　すると、蒼空が私の右頬をつねった。
「いたっ!」
「……なんでよりにもよって、お前なんだろうな」
「へ??」
　蒼空は横で大きく背伸びしていた。
「なんでお前を好きになるんだか。女なんて他に腐るほどいるのに……でもなぜかお前に惹かれるんだよな」
　ドキッとした。

そうだよね……蒼空は私のこと……。
　改めて言われるとなんだか恥ずかしくなる。
「蒼空、ごめんね。誕生日なのに何も買ってない……」
「え？」
「昨日、プレゼント買おうって色々悩んだんだけど……悩みすぎて結局何も買えなかった」
　するとぷっと笑われた。
「そんなん、もうもらってっからいーよ」
「え……何かあげたっけ？」
　蒼空が私を指差す。
「彩をもらったし」
　そう言って、ニヤッと笑った。
　忘れていたことを思い出す。
　この前蒼空の家に泊まった日のことを……。
　一気に顔が熱くなっていくのを感じた。
「彩……何思い出してんの？　ヤラシー」
「なっ!!　蒼空が変なこと言うから！」
「可愛ーなぁ彩はっ」
　蒼空は私を自分の胸に抱き寄せて、頭を撫でてきた。
「バカにしないでっ」
「してないしてない。マジで可愛いって思っただけ」
　そう言うことさらっと言っちゃうんだから。
「蒼空が素直だと調子狂うな」
「そっか？　俺はいつでも素直に言ってるけど」
　そうだよね、毒舌すぎるくらい毒舌だし……。

最近蒼空は他の女子と一緒にいることもなくなった。
　私と付き合ってから、腹黒人間だと女子たちから罵られていることも知っている。
　でも私はそれを嬉しく思っちゃってる。
　私を心配させないようにしてくれてるんだよね……？
　でも……。
「水原さんは……蒼空にいくら冷たくされても諦めないよね」
「あー、あいつにはこの前ちゃんと話した」
「え？」
「水原、俺のピアス持ってたじゃん？　あれのこととか問い詰めた。そしたらやっぱ俺が落としたやつを拾っただけだったらしい」
「えー！」
　私には『捨てといてって言われた』なんて言ってたのに……やっぱり嘘だったんだ。
「ハッキリ言ってやったから。お前のこと好きになる確率なんて０％以下だからってな。あのストーカー女キモいんだよ」
「ちょ……ストーカー女とか言ってないよね？」
「あー、たぶん。口から無意識に出てなけりゃ」
　こ、怖い……。
「一応ミス新崎なのにキモいはないでしょ」
「顔だけの女なんてごまんといるけど……」
　蒼空は振り返ってじっと私を見つめた。

「彩はひとりだけだからな」
　そう言って正面から再び強く抱きしめられた。
　蒼空って外でも平気で抱きしめてくるよね……私はちょっと恥ずかしいのに。
「俺って冷たい人間？」
「え？」
「最近よく女から言われるようになった」
　そうか……蒼空は今まで本性を隠してたからみんなびっくりしてるんだよね。
「うーん、確かに言い方がきついときあるよ、さっきみたいにストーカー女とか、キモいとか……そういうの思ってても本人の前で絶対言っちゃダメ」
「……うん」
　お、珍しく素直に聞いてる。
「でも……そのおかげでライバルも減ってるし。私には好都合かな」
「どっちだよ」
「口が悪くてもそうじゃなくても蒼空は蒼空だから。私はどっちも好きだよ」
　すると蒼空は黙りこくってしまった。
　そっと離れて顔を見ようとしたら隠された。
「あー……、そういうことさらっと言うな」
「照れてる！」
「うっせ」
　微妙に顔が赤くなってて可愛い……。

蒼空は私にでこピンした。
「いったぁー!」
「帰んぞ!」
　私に赤面した顔を見られて恥ずかしいのか、早歩きで歩きだしてしまった。
「ちょっと待ってよー!」
　突然蒼空が立ち止まり、私の方を振り返る。
「ほらっ」
　私にまっすぐ差し伸べられた手のひら。
　その手をゆっくりと握った。
　口は悪くて腹黒だけど、ふとしたときに優しくなる私だけの王子様。
　そんなイジワルな黒王子も悪くないよね?

書籍限定♡番外編

蒼空の秘密

　蒼空と付き合って4ヶ月が経とうとしていた。
　たまに喧嘩はするけど、順調に交際は続いている……。
　はずだった。
「えっ今日もバイト!?」
　放課後の教室。
　バッグを肩にかけた蒼空が頷いた。
「この前バイトがふたり辞めてさ、今人がいねーんだよ」
　私も蒼空と同じバイト先で働いていたけど、学業に専念したかったから夏休みいっぱいでバイトを辞めていた。
　だから人が足りないと大変なのはよくわかる。
　一緒に働いていたライバルの水原さんも辞めちゃったみたいだし、渉くんは風邪で学校を休んでいる。
　しょうがないことだけど……。
　最近毎日バイトがあって、全然蒼空と遊べていない。
　今日は帰りに買い物付き合ってほしかったのにな。
「わかった……」
　そうつぶやくと、蒼空がぶにっと私の頬をつねった。
「拗ねんなよ」
「す、拗ねてないもん！」
　ほ、頬っぺた触ったまま！
　周りの生徒たちの視線が気になる。
「じゃ、帰るぞ」

蒼空は私のバッグを持って歩きだした。
　一時期、蒼空は腹黒とか冷酷人間だとか言われて女の敵みたいな扱いをされてきた。
　だけど、最近また女子たちが蒼空と絡み始めた気がする。
　翠の話では、一途になった蒼空を見て惚れ直した子もいるみたいで、そのツンデレ具合が逆に好感度を上げているらしい。
　蒼空の悪口を言われるのも嫌だけど……。
　好感度なんて上がらなくていーし！
　なんて、思っちゃう私はひどい女かな……。
　教室を出たところで、蒼空が女の子に呼び止められた。
「蒼空！　もう帰んのー？」
　この子、隣のクラスの宮下さんだ。
　綺麗な子なのにサバサバしてて明るく、女の子からも好かれている。
　私も結構憧れだったりする。
　最近蒼空とよく話してるところを見るから気になってたんだよね……。
「おう、今日もバイトだし」
「ちょっと待って、これ……」
　そう言ってスカートのポケットから取り出したのは……。
　なんと、蒼空のネクタイだった。
　ゴ————ッン。
　頭を鈍器で殴られた感じ。
　なんで宮下さんがそれを持ってるの!?

「おまっ……それ！」
　蒼空もなんだか焦ってる感じ。
「昨日うちに忘れてったでしょ？」
　宮下さんは蒼空の斜め後ろにいた私を見て驚いた。
「やばっ……彼女いたの!?」
　右手で口を押さえ、宮下さんももものすごく焦っている。
　すぐそばに私がいたのに気づかないなんて……私ってどんだけ陰が薄いんだろ。
　てか、これって浮気確定？
　蒼空は宮下さんからネクタイを奪うと、はぁーっとため息をついた。
「勘違いすんなよ、彩」
「え……？」
「こいつとは、なんもねぇから」
　蒼空は真顔でそう言うけど、明らかに焦っていたふたりの顔が頭から離れない。
　宮下さんも気まずそうに笑って、そそくさと去っていった。
　どうしよう。
　蒼空のこと信じるよ？　信じたいよ？
　でも……心のモヤモヤが取れないよ！
　なんで宮下さんの家に行ったの!?
　昨日もバイトって言ってたじゃん！
　聞きたいことが沢山あるのに、聞けない。
　私たちはそのあと、口数が少ないまま駅に着いた。

手は繋いでいるのに、なんでこんなに寂しいんだろう。
「彩……」
「え？」
「ちょっとこっち来て」
　蒼空が突然、近くの路地裏に私を連れていった。
　急にどうしたの……。
　もしかして別れ話⁉
　やっぱり私に飽きて、宮下さんが好きになったとか⁉
　正面を向いた蒼空が笑ってなくて、なんだか怖くなってきた。
「本当は今度改めて言おうと思ってたんだけど。彩が不安がってんの嫌だから言うわ」
「え⁉　何を⁉」
　聞きたいようで聞きたくない。
「来月の３連休、旅行行かねー？」
「へ？」
　全く予想外の言葉を聞いて、たぶん私の目は点になっていたと思う。
「来月誕生日だろ？　ちょっと遠出しねぇ？」
　まさか、まさか……。
　まさか蒼空がそんなこと言うなんて！
「う、うんっ」
　さっきのモヤモヤが一気に吹っ飛んでいった。
　私って超現金なやつ。
「あ、親大丈夫？」

「うん、翠んちに泊まるとか言えば……」
「いや、ダメだな」
「え!?」
「明日、バイト休みだからお前んち行って説得する」
「ええええー！ そんなっ！ わざわざいーよ!?」
　蒼空は腕を組んでニヤリと笑った。
「最初が肝心じゃん、付き合ってから挨拶にも言ってねぇしな」
　うちの両親に会うだなんて……。
　でもそんなことしたら、旅行行かせてくれないかも。
　男と旅行なんて、許すはずがない。
「旅行のときに宮下とのことも話すわ」
「え!?」
「だから勘違いしてひとりで想像してんなよ？」
　忘れていたことを思い出した。
　宮下さん、なんで蒼空のネクタイを持っていたの!?
　それになんで蒼空が宮下さんの家に……。
　そのとき話すって、どういうこと!?
　悪いことではなさそうだけど……今話してくれた方がいーのにな。
　蒼空は笑顔で私と別れた。
　自分だけスッキリした顔しちゃって……。
　私なんて不安でいっぱいなんですけど！
　明日蒼空がうちに来るなんて。
　お母さんたちはどんな反応するだろう。

猛反対されたらやだなぁ……。
　しかし。
　それはいらぬ心配だった。
　人当たりがいい蒼空は終始ニコニコしていて、両親の好きなお菓子を手土産に渡した。
　お母さんは蒼空の外見にノックアウトされたっぽいし、お父さんも蒼空の成績が学年トップだということを知ってかなり喜んでいた。
　ふたりは蒼空が好青年だと思い込んでいる。
　旅行も、節度ある行動をすればいいって言われてすんなりオッケー。
　そうだった。
　蒼空はこういうの、うまいんだったー！
　ずーーっとニコニコしてて明るくて。
　隣で見てて笑っちゃうくらい、蒼空は頑張ってくれた。
　夕飯もうちで食べていくことになったので、お母さんが無駄に張り切っていた。
　そして帰り際、家の外まで送ることになり、やっとふたりっきりになれた。
「蒼空、今日は本当にありがとう。うちの親すごい喜んでたけど……疲れたでしょ？」
　すると蒼空が何かを思い出してフッと笑った。
「全然疲れねぇよ。お前んちいーな、父ちゃんも母ちゃんも明るくて」
　そのときの蒼空の笑顔がかっこよすぎて思わず下を向い

てしまった。
「ふたりとも、楽しかったみたい……また来てね？」
「ん。最初は俺も気に入られようとしてたけど、途中から素でいられて楽しかったわ」
　確かに……。
　途中から蒼空の嘘くさい笑顔も取れて、自然な笑顔になっていた。
　蒼空も楽しんでくれていたんだ……よかった。
「あ、送らなくていーから」
「え、でも……」
　もうちょっと一緒にいたいのに……。
　フッと目の前が暗くなり、蒼空の顔が近づいた。
　あ、キスされるかも……。
　そう思った瞬間、蒼空の顔が私の間近で止まっていた。
　え、何!?
「やっぱやめとく」
　蒼空の綺麗な顔がどアップで、私の心臓も止まってしまいそうだった。
「え、なんで……」
「なんか彩の親に見られてそうだったから」
　ここは家の前だし、確かに見られてもおかしくない。
　特にお母さんとか見てきそう。
「だ、だね……やめとこうか……」
　すると、蒼空が私の耳元で、
「旅行のときはずっとふたりでイチャつけるしな」

と囁いた。
　心臓の音が大きく揺れ動く。
　顔が紅潮していくのも感じた。
　この人は……私をどれだけドキドキさせれば気が済むの！
「来月、楽しみにしてっから〜」
　そう言って、手を振って帰っていった。
　今からこんなドキドキしちゃって、旅行の日はどーなっちゃうの!?
　家に入ると、玄関のところでお母さんがニヤニヤしていた。
　やっぱり。
「あ〜や〜！　いい人見つけたねっ」
「うん、お母さん面食いだもんね……」
「顔だけじゃなくてさ、性格もいい子じゃない！　男として器量もあるし。何よりも彩を大切に思ってるでしょ」
「え？」
「気づいてない？　あの子何度も彩のこと見て微笑んでたわよ、彩を見る目が優しくてお母さん、本気で惚れそうになっちゃった〜」
　お母さんは恋する乙女のようにはしゃいでいる。
　でも、お母さんの目にはそんな風に映っていたんだぁ……。
　嬉しくて胸が温かくなった。
「あの子なら大賛成。幸せにしてもらいなさい」

そう言って私の背中をポンと押した。
「うん……」
「ああ～あんな子が自分の息子になる日が来るなんてぇ～」
「えええっ気が早いよ！」

　結婚とか、考えたことないもんっ！
　蒼空にだってそんなこと言われたことないし。
　でも、そうなったら私も嬉しいな……。
　結婚式とか色々想像したら顔がニヤけてしまった。
　蒼空のタキシードとかかっこいいだろうな～袴もいーかも！
　そんなことを考えながらその日は眠りについた。

　そして旅行の日がやってきた。
　昨夜はあまり寝れなくて……。
　遠足が楽しみすぎて寝れなかった子供みたい。
　駅で待ち合わせだけど、かなり早めに着いちゃった。
「あれっ確か蒼空の彼女……さん!?」
　そのとき目の前に宮下さんが立っていた。
　この前のことを思い出して、ドキッとした。
「こ、こんにちは」
「偶然だねぇ!?　この荷物何!?　旅行？」
　私が持っていた大きいバッグを見てそう言った。
「うん……」
「もしかして、蒼空と旅行？」
「うん、そう……」

なんだか嫌だな……この前のこと忘れかけていたのにまたモヤモヤしてきちゃった。
「そっかぁ〜ついにねぇ……」
　宮下さんはニヤニヤと笑っている。
　この子、きっと蒼空の何かを知ってるんだ……。
「あの、この前蒼空が宮下さんちにネクタイ置いてきたって……」
「あー、うんそうそう……って、もしかしてなんか勘違いしてる!?」
「え、勘違い？」
「私と蒼空が何かあるとでも思ってるでしょ？」
「……うん」
　すると宮下さんの綺麗な顔が崩壊して、ブァッハッハッと豪快に笑われた。
「ないない！」
「え……でも」
「はぁ。やっぱ勘違いしちゃったんだ。ごめんね？　あのときちゃんと説明したかったんだけど蒼空がダメだって言うだろうし」
「説明って……」
「それは直接本人から聞きなよ。それより私と蒼空の関係だけど、男友達って感じだから安心して？」
「男友達!?」
　こんな綺麗な子が友達だなんてっ余計に不安！
　宮下さんは少し苦笑いしていた。

「蒼空の彼女さんだから言っちゃうけどね……私、性同一性障害なんだ」
「えっ!!」
　驚いてバッグを落としそうになった。
　性同一性障害って……体は女でも気持ちは男の人ってこと!?
「驚いた？　私もね、最初は信じたくなかったよ……でも自分に嘘はつけないよね」
　笑っていたけど、これを言うのにどれだけ勇気がいっただろう。
「それ、蒼空も知ってるの？」
「うん知ってる。私好きな人いるんだけどね、女の子の。そのこと蒼空が気づいちゃってさ。でも蒼空は笑ったり、引いたりしなかった。人を好きになることに性別なんて関係ないって。周りにとやかく言われようと堂々としてろってね。俺は味方でいるからって言われて、すごく心強くなってさ」
「そうだったんだ……」
「いい男だよなぁ。あ、絶対好きにはなんないけどさぁ」
　そう言って笑っている顔も綺麗で。
　完璧だと思っていた女の子が、実は中身が男の子だったなんて……。
　だからなんだか行動がガサツな感じしたんだ。
　すごい驚いたけど……蒼空の言葉で自信を取り戻してくれてよかった。

「蒼空以外にもわかってくれる人はもっと沢山いるよ！ 私も驚いたけど、変だとは思わなかったし！　堂々としている宮下さんはかっこいいよ！」
　本当にそう思ったからつい口に出しちゃったけど……。
　宮下さんは私の言葉を聞いて嬉しそうに微笑んだ。
「やっぱ蒼空の彼女だなぁ……私、付き合うなら絶対蒼空より彼女さんの方がいーなっ」
　そう言ってイタズラに笑ったので、思わずドキッとしてしまった。
「そろそろ蒼空来るんでしょ？　楽しんできてね！」
「うん！」
　宮下さんは私に笑顔で手を振ってくれた。
　いつも笑顔で明るい宮下さん……。
　幸せになってほしいな。
　それから数分後、蒼空がやってきた。
　蒼空のコーデはロールアップしたデニムのパンツに、ボーダーのロンＴ、黒のリュックというシンプルな格好。
　それなのに綺麗に着こなせているのは背が高くてスタイルがいいからかな。
　付けているアクセサリーもオシャレで、よく似合っている。
　さすがだな……イケメンは何を着てもかっこいいなんてズルい。
「はえー……てかなんだよ、そのでかいバッグ！　クソ重そう」

蒼空は私のバッグを見て笑っていた。
「女は色々と必要なの！」
「お、持つとそーでもないな」
蒼空は軽々と私のバッグを持った。
駅にいた女の子たちが振り返って蒼空を見ているのがわかる。
あぁ、かっこいいのにさりげなくこういうことしちゃうんだから余計にかっこよく見えちゃうよね……。

電車に乗って1時間。
私たちは目的地に着いた。
パワースポットの神社に行ったり、近くのお店でお土産を見たり……。
しばらくぶりに蒼空とデートっぽいことをしてるのが嬉しくて、私は舞い上がっていた。
海岸沿いにある高そうなホテルで夕食を食べたあと、そこの最上階の部屋へ行った。
まさかこんな高級ホテルを予約していたなんて……。
部屋に入るとすごく広くて、寝室とリビングが分かれていた。
そして夜景がすごく綺麗。
道路を走る車のテイルランプ、遠くの灯台や船の光、海岸沿いにあるレストランの松明の灯り、どれも光り輝いていて感動した。
何この部屋……すごい高そう！

「蒼空、もしかしてこのためにバイトしてた？」
「まーな。結構頑張った」
　そうだったんだ……それなのに私ってば、蒼空と遊べないからって拗ねたりして……最悪だ。
「先に風呂入ってこいよ」
「え!?　いーよ！　蒼空先に入って！　わ、私荷物整理したいから！」
　やば、私緊張してる!?
　蒼空はブフッと笑いながらバスルームへ行った。
　あー……。
　初めてでもないのに、何緊張してるんだろう。
　深呼吸して、冷蔵庫に入っていた冷たい水を飲んだ。
　それにしても本当に高そうなホテル……。
　しかも最上階のスイートって、いくらすんの!?
　こっそりスマホで調べると……。
　い、１泊５万!?
　嘘でしょ……。
　スマホを持つ手が震えた。
　てことは、ふたりで10万……。
　この他にお昼ご飯とかも全部蒼空が出してくれた。
　まさか……ホテルがこんなに高かったなんて！
　いくら私が誕生日だからって、奮発しすぎでしょー！
　スマホを持ちながら固まっていると、バスルームの扉が開いた。
「風呂入れよ」

「う、うん！」
　振り返って驚いた。
　蒼空が上半身裸!!
　そ、そして……髪が濡れてる——！
　はい、鼻血もんです。
　蒼空……男なのに肌綺麗すぎるでしょ……。
　軽くショックを受ける。
　タオルで髪を拭いているところを見てると、目が合ってしまった。
「なんだよ？」
「い、いや……別に！」
「あー、一緒に入りたかった？」
「そんなわけないじゃん！」
「なんで？　恥ずかしいの？　もう全部見てんだから気にしなくていーじゃん」
「なっっっ!!」
　あのときは部屋も暗かったし……こんなに明るいところでなんか絶対見せられない！
　だって、私のお腹も二の腕も太ももも、蒼空よりブヨブヨしてるんだもん……。
「彩ちゃんっ」
「ぎゃー！」
　後ろから抱きつかれて、思わず蒼空を突き飛ばしてしまった。
「いってぇ……」

「ご、ごめん！　お風呂行ってくる！」
　私は痛がってる蒼空を置いて、急いでバスルームに駆け込んだ。
　はぁ……だって……。
　生肌が当たって、びっくりしたんだもん。
　それに半乾きの蒼空の髪の毛……いい香りがするし、色気がやばいでしょ。

　念入りに洗っていたら、１時間ぐらいかかってしまったかも。
　そっとバスルームから出ると、部屋が静まり返っていた。
「そ、蒼空〜？」
　リビングにはいないみたい。
　寝室に行ってみると、ベッドの上で蒼空がうつ伏せになって寝ていた。
　スースーと寝息が聞こえてくる。
　なんだ……ドキドキしてたから拍子抜け。
「蒼空……？」
　呼びかけても起きない。
　よっぽど疲れてたんだろうな、バイトも毎日頑張ってたし……。
　この日のためだったなんて……本当に嬉しいよ。
「ありがとう蒼空。でも……あまり無理しないでね？」
　寝ている蒼空の前髪をそっと触ると、突然ギョロッと目が見開いた。

「ギャ————ッ!!」
　次の瞬間、手首を掴まれ勢いよくベッドに押し倒された。
「ちょっと!?　寝たふりしてたの!?」
　蒼空はニヤりと笑って上から見下ろしている。
「おっせぇーよ、いつまで風呂入ってんだよ。ぶっ倒れてんのかと思って脱衣所に行ってみりゃ鼻歌なんか歌ってやがるし」
　げ、聞かれてたんだ……。
　恥ずかしすぎる！
「さっきは突き飛ばされるし……」
「あ、ごめんっ」
　次の瞬間、チュッと上からキスされた。
「最近ず————っと我慢してたしな色々と。でももう限界だから」
　私の耳元にキスすると、そのまま唇を食べられた。
「私だって……寂しかったよ？　蒼空と離れたくなかったもん……」
「そーいうこと言うな、可愛すぎっから」
　上から覆いかぶさるようにして私を強く抱きしめた。
　重いけどすごく心地いい。
　蒼空に愛されてるって感じる。
　大好き、蒼空……本当に大好きだよ。
　私を触る蒼空の手が優しすぎて泣けてきた。
　お母さんがこの前言ってたっけ。
『彩を見る目が優しい』って。

普段はあまり感じないけど、こういうときに伝わってくる。
　蒼空が私を大事にしてくれているって。
　口はちょっと悪いけど、本当はすごく繊細で優しいんだよね。
　ふたりの手が絡み合う。
　蒼空の手は大きくて、私の手を包み込んでくれた。
「彩……」
　ふたりでぼーっと天井を見てると、突然蒼空が私の名を呼んだ。
「ん？」
「渡したいものがある」
「え？」
　そう言ってむくりと起き上がると、サイドテーブルに手を伸ばした。
「これ、開けてみて」
「え？　何これ……」
　小さな箱を見て、ドキッとした。
　リボンを解いて開けてみると……。
　中には銀色に光り輝くシルバーの指輪が入っていた。
　しかも真ん中にピンクの小さな石が埋め込まれている。
　これ、私の誕生石のトルマリンだ……。
　驚きで言葉が出ない。
「なんで黙ってんだよ……このデザイン変？」
「え！　全然!!　綺麗すぎてびっくりしてるの！」

「マジか、よかった。それ俺が作ったから」
「ええぇ!?」
　さっきから驚きの連続だ。
「つ、作ったって……どうやって!?」
「宮下いるじゃん、あいつんちアクセサリーショップ経営しててさ。そこの職人が俺に教えてくれて」
「あ……そういえばずっと言いそびれてたけど、昼間駅で宮下さんと会ってね」
　私は蒼空に、宮下さんのことを話した。
「マジか、あいつお前にも言ったんだ」
「うん……」
「あいつも一時期色々悩んで辛そうにしてたけど、最近やっと笑えるようになってきたみたいでさ。俺のおかげだとか言って、そのお礼に今回のことを引き受けてくれたんだよ」
「そうだったんだ……」
「そんでバイトやりながらあいつんちで指輪も作ってて」
　だから宮下さんちに行ったりしてたんだ！
「私ってば、てっきり浮気してるのかと……」
「はぁ!?」
「だって、ネクタイ忘れてきたとかって……」
「あー……そうだよな。でもあれは指輪作ってるとき集中しすぎて暑くてネクタイ外したんだよ」
「そっか……うん、疑ってごめん……」
「ったく……」
　蒼空は私の肩に寄りかかって体重をかけた。

「重い重いっ」
「内緒にしたかったから、お前がいる前でネクタイ渡されてめっちゃ焦った」
　だからふたりともあんなに焦っていたんだ。
　すべてが繋がっていく。
　ひとりで勘違いしちゃってたんだね……。
「誕生日だからってのもあるけど……」
　蒼空は私の正面にあぐらをかいて座り直した。
　真面目な表情が私の心をドキドキさせる。
「いつか、俺と結婚してほしい」
「え……!?」
「これはそのつもりで作った。婚約指輪的な……」
　蒼空が箱から指輪を取り出し、私の左薬指にはめた。
　まるで結婚式みたいで、私は涙が出そうになった。
「そ、蒼空……」
「せっかくだから、こういう場所で渡したかったんだよ」
　夜景がキラキラ輝いている部屋で、プロポーズされるなんて……。
　夢にも思わなかった。
「私で……いーの？」
「彩じゃないとダメなんだよ」
　私は泣きながら頷いた。
「あー、こんなこっ恥ずかしいこと二度と言えねぇ……」
　蒼空は私を抱きしめながらそう言った。
　たぶん照れているから顔見られたくないんだろうな。

「ありがとう……私、蒼空と出会えてよかった」
　私は蒼空の背中に手を回してぎゅっと抱きしめた。
「俺、お前のためにこれから頑張るわ」
「うん……私もいいお嫁さんになれるように頑張る」
　蒼空は私の顔に何度も口づけをした。
　この日の気持ちは、一生忘れないよ。
　ありがとう、蒼空……。
　大好き！

　　　　　　　　　　　　　　　　　　END

あとがき

こんにちは！ Rinです。

この度は『お前、可愛すぎてムカつく。』を手に取っていただき誠にありがとうございます。

このお話は、前作の『乱華～羽をくれた君～』の登場人物、陸と奈緒の息子である蒼空のお話です。

なんでも完璧にこなす父親と、純粋でおっとりしている母親のもとに生まれた蒼空は、素直にすくすくと成長しましたが、成長するにつれて父親と比べられるようになり、劣等感を感じるようになりました。
放っておけないタイプの奈緒と妹の唯のためにも自分がしっかりしなくてはと思い、頑張っていたのですが中々父親に追い付けない苛立ちとプレッシャーがあったんだと思います。
蒼空は毒舌満載ですが、本当は家族の事を大事にする優しい子なので、そんな自分のことを理解してくれた彩は、癒しの存在だったんでしょうね。

男性は自分の母親似の女性に惹かれるとよく聞きますが、蒼空の場合もそのようです。

今回は蒼空の毒舌っぷりを書くのが楽しかったです！

　書籍限定の番外編も書かせていただきましたが、蒼空のプロポーズシーンは私の憧れです。
　あんな素敵な場所で、プロポーズされてみたいですよねっ！
　この本を通して沢山胸キュンしてくだされればいいなと思います。

　最後になりましたが、文庫化に携わってくださったスターツ出版の皆様、素敵な絵を描いてくださったイラストレーターのわわこ様、そして沢山のアドバイスをしてくださった森上様、本当にありがとうございました！
　私が考えたお話が書籍化され、沢山の方々に読んで頂ける機会を与えてくださったこと、感謝しております。
　そしていつもサイトで感想をくださる読者の皆様、この本を手に取って下さった皆様、本当にありがとうございました！

2016.9.25　Rin

この物語はフィクションです。
実在の人物、団体等とは一切関係がありません。

Rin先生への
ファンレターのあて先

〒104-0031
東京都中央区京橋1-3-1
八重洲口大栄ビル7F

スターツ出版（株）書籍編集部 気付
Rin先生

お前、可愛すぎてムカつく。

2016年9月25日　初版第1刷発行
2017年4月11日　　　第2刷発行

著　者　Rin
　　　　©Rin 2016

発行人　松島滋

デザイン　カバー　金子歩未（hive&co.,ltd.）
　　　　　フォーマット　黒門ビリー&フラミンゴスタジオ

DTP　久保田祐子

編　集　森上舞子

発行所　スターツ出版株式会社
　　　　〒104-0031 東京都中央区京橋1-3-1　八重洲口大栄ビル7F
　　　　TEL 販売部03-6202-0386（ご注文等に関するお問い合わせ）
　　　　http://starts-pub.jp/

印刷所　共同印刷株式会社
　　　　Printed in Japan

乱丁・落丁などの不良品はお取替えいたします。上記販売部までお問い合わせください。
本書を無断で複写することは、著作権法により禁じられています。
定価はカバーに記載されています。

ISBN 978-4-8137-0148-4　C0193

ケータイ小説文庫　2016年9月発売

『キミじゃなきゃダメなんだ』相沢ちせ・著

高1のマルは恋に不器用な女の子。ある朝、イケメンでクールで女子にモテる汐見先輩から、突然告白されちゃった！　いつも無表情な先輩だけど、マルには優しい笑顔を見せてくれる。そしてたまに見せる強引さに、恋愛経験のないマルはドキドキ振り回されっぱなし。じれったいふたりの恋は、どうなる？

ISBN978-4-8137-0149-1
定価:本体 590 円+税

ピンクレーベル

『きみへの想いを、エールにのせて』佐倉伊織・著

結城が泳ぐ姿にひとめぼれした茜。しかし彼はケガをして水泳をやめ、水泳部のない高校へ進学してしまった。茜は結城のために水泳部を作ろうとするが、なかなか部員が揃わない。そんな時、水泳経験者の卓が水泳部に入る代わりに自分と付きあえと迫ってきて…。自分の気持ちを隠した茜は…？

ISBN978-4-8137-0150-7
定価:本体 590 円+税

ブルーレーベル

『一番星のキミに恋するほどに切なくて。』涙鳴・著

急性白血病で余命3ヶ月と宣告された高2の夢月は、事故で両親も失っていて、全てに絶望し家出する。夜の街で危ない目にあうが、暴走族総長の蓮に助けられ、家においてもらうことに。一緒にいるうちに蓮を好きになってしまうけど、夢月には命の期限が迫っていて…。涙鳴の命がけの恋！

ISBN978-4-8137-0151-4
定価:本体 580 円+税

ブルーレーベル

『テクサレバナ』一ノ瀬 紬・著

中学のときにイジメられていた千裕は、高校でもクラスメートからバカにされ、先生や親からは説教されていた。誰よりも頑張っているのに、どうして俺の人生はうまく行かないのか。すべてが憎い。そんなある日、手腐花＜テクサレバナ＞に触れると呪いをかけられると知り、千裕の呪いは爆発する。

ISBN978-4-8137-0152-1
定価:本体 570 円+税

ブラックレーベル

ケータイ小説文庫 好評の既刊

『乱華(らんか)』Rin(リン)・著

高1の奈緒は、家族関係に深い闇を抱え、家庭にも学校にも自分の居場所を見つけられずにいた。ある夜、奈緒は暴走族『乱華』の総長・陸に出会う。長身でイケメンの陸に瞬く間に恋に堕ち告白するが、「俺は誰にも本気にならない」と言われる。やがて奈緒は、陸が背負う悲しい過去を知って…。
ISBN978-4-88381-841-9
定価:本体 560 円+税

ピンクレーベル

『いいかげん俺を好きになれよ』青山(あおやま)そらら・著

高2の美優の日課はイケメンな先輩の観察。仲の良い男友達の歩斗には、そのミーハーぶりを呆れられるほど。そろそろ彼氏が欲しいなと思っていた矢先、歩斗の先輩と急接近！ だけど、浮かれる美優に歩斗はなぜか冷たくて…。野いちごグランプリ 2016 ピンクレーベル賞受賞の超絶胸キュン人気作！
ISBN978-4-8137-0137-8
定価:本体 580 円+税

ピンクレーベル

『イジワルな君に恋しました。』まは。・著

大好きな彼氏の大希に突然ふられてしまった高校生の陽菜。嫌な態度をとる大希から守ってくれたのは、学校でも人気ナンバーワンの翼先輩だった。イジワルだけど優しい翼先輩に惹かれていく陽菜。そんな時、別れたことを後悔した大希にもう一度告白され、陽菜の心は揺れ動くが…。
ISBN978-4-8137-0136-1
定価:本体 570 円+税

ピンクレーベル

『だから、好きだって言ってんだよ』miNato(ミナト)・著

高1の愛梨は、憧れの女子高生ライフに夢いっぱい。でも、男友達の陽平のせいで、その夢は壊されっぱなし。陽平は背が高くて女子にモテるけれど、愛梨にだけはなぜかイジワルばかり。そんな時、陽平から突然の告白！ 陽平の事が頭から離れなくて、たまに見せる優しさにドキドキさせられて…!?
ISBN978-4-8137-0123-1
定価:本体 580 円+税

ピンクレーベル

ケータイ小説文庫 好評の既刊

『愛して。』水瀬甘菜・著

高2の真梨は絶世の美少女。だけど、その容姿ゆえに母からは虐待され、街でもひどい噂を流され、孤独に生きていた。そんなある日、暴走族・獅龍の総長である蓮と出会い、いきなり姫になれと言われる。真梨を軽蔑する獅龍メンバーたちと一緒に暮らすことになって…?　暴走族×姫の切ない物語。

ISBN978-4-8137-0124-8
定価:本体 580 円+税

ピンクレーベル

『好きになれよ、俺のこと。』SELEN・著

高1の鈍感&天然の陽向は、学校1イケメンで遊び人の安堂が告白されている場面を目撃!! それをきっかけにふたりは仲よくなるが、じつは陽向は事故で一部の記憶をなくしていて…? 徐々に明らかになる真実とタイトルの本当の意味に大号泣!! 第10回ケータイ小説大賞優秀賞受賞の切甘ラブ!!

ISBN978-4-8137-0112-5
定価:本体 580 円+税

ピンクレーベル

『サッカー王子と同居中!』桜庭成菜・著

高校生のひかるは、親の都合で同級生の相一瀬くんと同居することに! 学校では王子と呼ばれる彼はえらそうで、ひかるは気に入らない。さらに彼は、ひかるのあこがれのサッカー部員だった。マネになったひかるは、相一瀬くんのサッカーへの熱い思いを感じ、惹かれていく。ドキドキの同居ラブ!

ISBN978-4-8137-0110-1
定価:本体 570 円+税

ピンクレーベル

『手の届かないキミと』蒼井カナコ・著

地味で友達作りが苦手な高2のアキは、学年一モテる同じクラスのチャラ男・ハルに片思い中。そんな正反対のふたりは、アキからの一方的な告白から付き合うことに。だけど、ハルの気持ちが見えなくて不安になる恋愛初心者のアキ。そして、素直に好きと言えない不器用なハル。ふたりの恋の行方は!?

ISBN978-4-8137-0099-9
定価:本体 580 円+税

ピンクレーベル

ケータイ小説文庫　好評の既刊

『スターズ&ミッション』天瀬ふゆ・著

成績学年首位、運動神経トップクラスの優等生こころは、誰もが認める美少女。過去の悲しい出来事のせいで周囲から孤立していた。そんな中、学園トップのイケメンメンバーで構成される秘密の学園保安組織、SSOに加入することに。事件の連続にとまどいながらも、仲間との絆をふかめていく!
ISBN978-4-8137-0098-2
定価:本体650円+税

ピンクレーベル

『ハムちゃんが恋したキケンなヤンキー君。』*メル*・著

風邪を引き、1週間遅れて高校に入学した公子。同じく休んでいた後ろの席の緒方と仲よくなりたいと思っていたけど、彼は入学早々、停学になっていたヤンキーだった! ハム子と名前を読み間違えられたあげく、いきなり付き合えと言われて⁉ 危険なヤンキー君にドキドキしちゃうのは、なんで…?
ISBN978-4-8137-0088-3
定価:本体590円+税

ピンクレーベル

『ひとりじめしたい。』sAkU・著

中学卒業と同時に一人暮らしをはじめた美乃里。ところが、ある事件をきっかけに、隣に住むイケメンの蜜が食事のたびに美乃里の家に来るようになる。その後、蜜は同じ高校に通う1コ上の先輩だとわかるが、奇妙な半同棲生活は続き、互いに惹かれ合うように。だけど、なかなか素直になれない美乃里と蜜。さらに、ふたりの前にはつねに邪魔者が現れ…。
ISBN978-4-8137-0087-6
定価:本体590円+税

ピンクレーベル

『クールな彼の溺愛注意報』天瀬ふゆ・著

親の都合で女嫌いと噂の学校イチのイケメン王子、葵衣と2か月間同居することになった紫乃。はじめは冷たくて近寄りがたかった葵衣も、一緒に生活するうちに打ち解けてきた。そんな時、葵衣に恨みを持った不良に紫乃がさらわれる。助けに行った葵衣に紫乃との過去の約束を告白されて…。
ISBN978-4-8137-0078-4
定価:本体590円+税

ピンクレーベル

ケータイ小説文庫 好評の既刊

『はつ恋』善生茉由佳・著

高2の杏子は幼なじみの大吉に昔から片想いをしている。大吉の恋がうまくいくことを願って、杏子は縁結びで有名な恋蛍神社の"恋みくじ"を大吉の下駄箱に忍ばせ、大吉をこっそり励ましていた。自分の気持ちを隠し、大吉の恋と部活を応援する杏子だけど、大吉が後輩の舞に告白されて…?

ISBN978-4-8137-0138-5
定価:本体 590 円+税

ブルーレーベル

『ただキミと一緒にいたかった』空色。・著

中2の咲希は、SNSで出会った1つ年上の啓吾にネット上ながら一目ぼれ。遠距離で会えないながらも、2人は互いになくてはならない存在になっていく。そんなある日、突然別れを告げられ、落ちこむ咲希。啓吾は心臓病で入院していることがわかり…。涙なしには読めない、感動の実話!

ISBN978-4-8137-0139-2
定価:本体 570 円+税

ブルーレーベル

『白球と最後の夏』rila。・著

高3の百合子は野球部のマネージャー。幼なじみのキャプテン・稜に7年ごしの片想い中。ふたりの夢は小さな頃からずっと"甲子園に出場すること"で、百合子は稜への気持ちを隠し、マネとして彼の夢を応援している。今年は甲子園を目指す最後の年。甲子園への夢は叶う? ふたりの恋の行方は…?

ISBN978-4-8137-0125-5
定価:本体 570 円+税

ブルーレーベル

『青に染まる夏の日、君の大切なひとになれたなら。』相沢ちせ・著

高2の麗奈は、将来のモヤモヤした悩みを抱えていた。そんな中、親友・利乃の幼なじみ・慎也が転校してくる。慎也と仲のよい智樹もふくめ、4人で過ごすことが多くなっていった。麗奈は、不思議な雰囲気の慎也に惹かれていくが、慎也には好きな人が…。連鎖する片想いが切ないラブストーリー。

ISBN978-4-8137-0126-2
定価:本体 590 円+税

ブルーレーベル

ケータイ小説文庫　2016年10月発売

『ウサギなキミの甘え方(仮)』琴織ゆき・著

高1の詩姫は転校早々、学園の王子様・翔空に「彼女にならない？」と言われる。今まで親の都合で転校を繰り返してきた詩姫は、いつまた離れることになるかわからない、と悩みながらも好きになってしまい…。マイペースでギャップのある王子様に超胸きゅん！　ちょっぴり切ない甘々ラブ♥

ISBN978-4-8137-0161-3
予価:本体 500 円+税

ピンクレーベル

『元姫(仮)』新井夕花・著

高1で最強暴走族『DEEP GOLD』の姫になった姫乃だが、突然信じていた仲間に裏切られ、楽しかった日々は幻想だったと知る。そして親の再婚を機に転校し、影のある不思議な男・白玖に出会う。孤独に生きると決めたはずなのに、いつしか彼に惹かれていく。でも彼にはある秘密が隠されていた…。

ISBN978-4-8137-0160-6
予価:本体 500 円+税

ピンクレーベル

『泣き顔のプリンセス(仮)』cheeery・著

高1の心はクールな星野くんと同じ委員会。ふたりで仕事をするうち、彼の学校では見られない優しい一面や笑顔を知り「もっと一緒にいたい」と思うように。ある日、電話を受けた星野くんは、あわてた様子で帰ってしまった。そして心は、彼の大切な幼なじみが病気で入院していると知って…。

ISBN978-4-8137-0162-0
予価:本体 500 円+税

ブルーレーベル

『夜の底にて鐘が鳴る(仮)』白星ナガレ・著

「鬼が住む」と噂される夕霧山で、1人の女子高生が行方不明になった。ユウイチは幼なじみのマコトとミクと女子生徒を探しに夕霧山へ行くが、3人が迷い込んだのは「地図から消えた村」で、さらに彼らを待ち受けていたのは、人を食べる鬼だった…。ユウイチたちは、夕霧山から脱出できるのか!?

ISBN978-4-8137-0164-4
予価:本体 500 円+税

ブラックレーベル

書店店頭にご希望の本がない場合は、
書店にてご注文いただけます。

★ この1冊が、わたしを変える。
スターツ出版文庫　好評発売中!!

きみと、もう一度

櫻いいよ／著
定価：本体550円＋税

今まで読んだ小説のなかで、**不動の1位。**
(ゆあいりんごゆさん)

後悔ばかりの、あの頃の恋、友情。
もう一度、やり直せるなら——。

20歳の大学生・千夏には、付き合って1年半になる恋人・幸登がいるが、最近はすれ違ってばかり。それは千夏がいまだ拭い去れないワダカマリ——中学時代の初恋相手・今坂への想いを告げられなかったせい。そんな折、当時の親友から同窓会の知らせが届く。報われなかった恋に時が止まったままの千夏は再会すべきか苦悶するが、ある日、信じがたい出来事が起こってしまい…。切ない想いが交錯する珠玉のラブストーリー。

ISBN978-4-8137-0142-2
イラスト／loundraw